掬云偶拾 陈武随笔

風过书窗

陈 武/著

古吴轩出版社

中国·苏州

图书在版编目（CIP）数据

风过书窗 / 陈武著. -- 苏州：古吴轩出版社，
2020.1
（掬云偶拾·陈武随笔）
ISBN 978-7-5546-1335-1

Ⅰ. ①风… Ⅱ. ①陈… Ⅲ. ①随笔—作品集—中国—
当代 Ⅳ. ① I267.1

中国版本图书馆 CIP 数据核字（2019）第 171187 号

责任编辑：蒋丽华
见习编辑：顾 熙
策　　划：崔付建　秦国娟
封面题签：葛丽萍
装帧设计：Amber Design 琥珀视觉

书　　名：风过书窗
著　　者：陈　武
出版发行：古吴轩出版社
　　　　　地址：苏州市十梓街 458 号　　　邮编：215006
　　　　　Http://www.guwuxuancbs.com　　E-mail：gwxcbs@126.com
　　　　　电话：0512-65233679　　　　　传真：0512-65220750
出 版 人：钱经纬
印　　刷：三河市华东印刷有限公司
开　　本：787×1092　1/32
印　　张：7.5
版　　次：2020 年 1 月第 1 版　第 1 次印刷
书　　号：ISBN 978-7-5546-1335-1
定　　价：48.00 元

如有印装质量问题，请与印刷厂联系。

题　记

　　这本小书先期编好，写了后记，才回过头来写这篇题记的。古人所谓"题记"，都是放在书后的。"一文之后，有所题记，后人称曰书后，亦或曰跋，则后序之变，前或曰引，又前序之变也。"（姚华《论文后编》）鲁迅在编《朝花夕拾》时，遵照古人所说，把小引放在前边；在同一时期编《野草》时，又将题辞置于书前，而且他的另外几本书，如《坟》《热风》《南腔北调集》也是这么办的。

　　我的日常生活，无非是居家闲览写作、庭院散步思考和出门旅行观光。

　　我的阅读是以闲书为主。所谓闲书，是相对而言，对我来说，就是些上不得台面的小说戏文、日记书信、碑帖画册、野史杂著、书目书话、年谱传记等，有的书倒是专业书（比如书目、年谱），但到我这里，都成了闲读之物。闲读之余，对书房里成天"耳鬓厮磨"的摆设和用品自然也有了些许兴趣，书签、瓶供、盆栽、灯盏、挂件、镇纸、茶具、橱架、桌椅条凳等，时间一长，就禁不住会对它们"有话可说"，写成小文，自娱自乐，积久便成帙也。

休闲的另一种方式是散步或静坐望呆。庭院当然是散步的绝佳去处了。我们居家时，推窗一望是哪里呢？是每天都要路过的住宅小区。从大里说，小区是我们大家的庭院；从小里说，小区就是自家的后花园。谁不爱自家的庭院和花园呢？庭院里的花花草草、亭台阁榭、雕塑垒石、喷泉湖泊，乃至一块路牙石、一盏地灯、一棵苗木、一个垃圾桶，都是我们熟悉和亲切的。我每天都会数次从它们身边经过，不管是匆匆回家，还是出来散步，甚或在亭榭里的美人靠上小坐，在平淡的岁月中，小区的环境是我们绕不过去的，与我们有着切身关联。久而久之，我也会对他们充满感情，也会倍感珍惜和爱护它们。自然，它们的日常也常常出现在我的笔下，成为我书写、感叹的对象。

旅行的妙处，相信很多人都有不同的感受。我的旅行大概离不开三种：一是参加各种采风、笔会、改稿会、研讨会，二是会会老朋友，三是有目的地到某地看看名人旧居。这类闲文只能有感而发，硬写不得。沈从文说过："我这一辈子，走过许多地方的路，行过许多地方的桥，看过许多次数的云，喝过许多种类的酒，却只爱过一个正当年龄的人。"我遇到的只能是这些好风景。

几年前，和朋友们在杭州西湖小聚。闲谈中，想几人联手出一套休闲式的小丛书，回来便梳理自己未曾结集的旧文，着手挑选出一本，感觉"闲"得还不够老实，充其量是生活和闲居的混搭，便搁了下来。

去年岁尾和今春蛰居在燕郊，室外天寒地冻，室内暖洋洋，别的事不想做，也做不成，便收拾心情，重读了这本书稿，随校随改，且改动不小。这也是没法子的事，自家的文字，什么时候重读了，都会有改的冲动。这次修订，费时一月有余，修饰了一些篇章，但全书也没有做完，便又被别的琐事占用了时间。前些日子正值清明小假，又对个别篇章进行了修订。

今天在东三环长虹桥边通广大厦的一间办公室里，和同事们闲聊起编书和远行。编书就在手边，《海州野菜》《杂花生树》《书房杂记》及手头这本。远行呢，是惦念着即将开败的桃花，据说附近有一地方，桃林成片达十万亩之多，还搞了个桃花节，林间花下有各种名吃小食，真是诱人。花是看不成了，桃花饼也只能待到明年，回到燕郊，倒是紧手把这篇题记打理完。

2018年4月16日晚，于燕郊

目录

卷上　推窗，对影邀月

卷下　启门，轻风在侧

卷上
推窗，对影邀月

承露盘

承路盘，又称"等露盘"。

"等露盘"雕塑群，是我们小区别具一格的风景。从小区的大门进入，第一组雕塑群我叫它"莲花仙鹤"，是由三层莲叶形雕塑组成的雕塑群。第二组就是"等露盘"雕塑群了。等露盘，又叫"承露盘"，或"露盘"。顾名思义，是用来装盛露水的盘子。清朝诗人王祖恢在《浮香阁轶闻绝句》里，有诗云："金缕歌终撤瑟期，露盘丹炉几迁移。"

我天天要经过并且观看的"等露盘"雕塑群，都没有人给它明确地命名。这样的好处是，大家可以根据自己的知识来理解，任由发挥和想象。这种开放的形式，更具人文意义。比如，我称这组群雕为"等露盘"，别人也可以根据自己的理解，叫别的什么盘，都是无可无不可的。

旧时有钱人士或官宦之家都要在某些重要节令时，收集露水，用来泡茶。一来，茶水的味道甘甜无比；二来，可以防病治病。汉朝郭宪在《洞冥记》里记载云："东方朔游吉云之地……得玄黄青露盛之璃器以授帝。帝遍赐群臣，得露尝者，老者皆少，疾病皆愈。"这里的"帝"，就是汉武帝了。这里的记载，当然不可以全信了，但也暗示了当时人们的普遍心理，即认为服用甘露，不仅可以消除疾病，还能延年益寿。汉武帝本人呢，他要标榜自己的"德政"，又想让自己长生不老，就在长安（在今陕西西安一带）大兴工程，建造了承露盘。这个承露盘应该很大，否则怎么能承接上天赐予的许多甘露供他享用呢？

这里有必要再说说"露"了。露，即露水，其实就是水蒸气。夜里没有日光的照耀，地面或地下的水汽随着气温的下降，会冒出来，凝结成小小的水珠，然后依附于物体上，比如草叶、树叶、岩石等。一年的春、夏、秋三季，都会看到。"鸿儒文轩"有一个占地约十亩的仓库，巨大的顶棚上，春、夏、秋三季，都会"承接"许多露水，天黑不久，就会像雨一样哗哗地从瓦槽里流下来。我晚间散步，会走过去，拿手接接露水玩玩。露水是凉凉的，润而滑，特别舒服。我有时也想到，要不要拿容器接点，烧水泡茶喝，但又一想，顶棚的材料不知是不是环保产品，没敢冒这个险。

不知从什么时候开始，"露"被附会为瑞祥之物。《初学记》引《瑞应图》说："露色浓为甘露，王者施德惠，则甘露降其草木。"在这里，"甘露降"居然是帝皇施仁政、德泽万民的征兆了，真是无奇不有。

我们小区的"等露盘"雕塑群，属于中西合璧的样式。露盘只是其主体之一，就是在一座雕刻稳重的石座上放一只花岗岩石材的露盘，颜色略显绛红，呈倾斜状，直径约有一米，塑以荷叶边，造型考究，雕工极为精致，倾斜度不大，十五度左右，朝向东方，取紫气东来之意。

和它东西对称的另一尊等露盘，造型较为奇特，整体倾斜，由三部分组成。底下一层，造型也为盘状，没有荷叶边。圆柱连接的第二层露盘直径稍小，雕刻有密集的荷叶边。在盘中，放一巨大的石雕莲花宝瓶。佛教赋予了莲花特殊的意义，把莲花当成圣洁的花，寓意为佛像莲一样，所以，此宝瓶以莲花露盘为底座，有着更加独特的寓意。这时的露盘，又有大海的寓意。在这尊雕塑边，有一只圣坛，莲花宝瓶的瓶口正对着坛口。而雕塑群外围，绕主群雕一周的数十个圣瓶，寓意为圣水广布。

在以等露盘为主体的主雕塑后边，是一尊中西合璧的半个罗马门，上方立的雕像，主题为"怀中抱子"，一位圣母搂抱着两个天使，安详而从容，仿佛从天外飞来，降临到人间。在他们前方的"广场"上，立着一个手拉小提琴的英俊男士的雕像，为他们奏乐，仿佛是在迎接他们。

然而，这还不是雕塑群的全部。在东西两侧，和群雕遥相呼应的，是中国式"屏风"。"屏风"上雕刻的图案，也是中国传统的祥云，寓意是吉祥如意。

群雕的主体部分被一圈四季常青的绿化树簇拥着，里圈为红叶石楠，外圈为金森女贞。绿化树被精心修剪成坡形，最高处约有六十厘米，和整个雕塑群极为协调。站在雕塑群前，禁不住浮想联翩，思绪忽而穿越到遥远的古代，又瞬间被拉回到古老的欧洲，而更多的是停留在今朝，感受着我们美好的生活。

需要说明的是，"承露盘"能走进我们的居住区，走进我们的日常生活，并被赋予美好的意象，并不是设计者的别出心裁，这在海州一带是有传统的。市郊孔望山山顶上，就有一个更为古老的承露盘，传说是"东海庙"的遗物。孔望山上的承露盘，雕工古拙，年代久远，被日光雨露滋润千余年。清晨晨练登山经过时，我会不经意地朝承露盘看一眼，如果节令得当又时间恰巧，那里也是湿漉漉的，槽口处更是有少量的积水——便是承接的"露"了，不知为什么，看了这仙露，心里也仿佛被滋润了一样。

莲花仙鹤

生活在现代都市的人，都在寻找自己能够安身立命的一处住所。我本村野俗夫，不巧流落到城市，又不巧以读书、编书、写作为职业，能住在自己心仪的地方做自己喜欢的事，职业就是爱好，爱好就是职业，对周遭的环境有所挑剔和选择，也是为了让自己能够融入环境中来，图个身心畅快。

我目前所居，称得上花园式社区，除了一幢幢高大、朴实又不乏时尚元素的住宅楼，有"秀逸苏杭"式的小桥流水，还有规模不等的喷泉，长短不一的廊榭，造型别致的亭台，半隐半露的圆雕石刻和考究、精致的雕塑。仅就雕塑来说，就可以作几篇短文，因为它有多个"群"，每一个雕塑群，都能从不同的角度进行文化解读。同时，这些雕塑群也共同构成了小区的文化肌络。

现在就来说说"莲花仙鹤"雕塑群。

从庄重、质朴的大门一进入小区，迎面而来的，就是"莲花仙鹤"雕塑群。这是一组别致、生动的雕塑，造型颇具浪漫主义风格，格外引人注目。

小区的设计者们还是颇具胆略的，把这组象征意味颇浓的雕塑放在进入小区时主干道上的第一位，就像一部大书的前言，其目的是吸引读者尽快地投入阅读，同时也一定有其善良的意愿和美好的祝福。雕塑群被一个葫芦形水池相围，水深三四十厘米，水清波静，透明见底。主雕是由层层相叠的莲叶构成的宝塔形状，莲叶共三层，最底层卧着四只仙鹤，最上层莲叶的上方，是一尊手持弓箭的少年丘比特，他正要把爱之箭射向人间。南端的雕塑是一个腾云驾雾的天使，面相温柔、从容、恬静，他怀抱竖琴，轻拨琴弦，仿佛要把琴音洒播人间。北端的天使造型和南端的正好形成一种呼应，他正专注地演奏小提琴。如果夜幕降临，彩灯齐放，喷泉扬起，音乐奏响，那袅袅的琴音，仿佛天外飘来，荡漾在小区的各个角落，为小区营造一种独特的文化氛围。

和大多数雕塑一样，这组雕塑群也是中西合璧的形式。荷叶和仙鹤是典型的中国元素，天使和爱神又完全是西方元素。中西合璧的好处是，可以让大家有更多的想象空间，让各种文化背景的人都能根据自己的理解来解读这组雕塑群。我们先从那四只静静安卧的仙鹤说起。仙鹤在我国古代有"一鸟之下，万鸟之上"的美誉，是仅次于凤凰的"一品鸟"，受到各阶层共同的喜爱。在明清两朝的官吏中，一品文官补服上编织的图案，就是"仙鹤"。细心的读者可以从一些电视剧中看到。在民间，仙鹤的寓意也很多，特别是富裕人家的客厅，都会有一幅"松鹤延年"中堂。画家们还喜欢把仙鹤和鹿、梧桐组合在一起，这寓意是"鹤鹿同春"。仙鹤也是对爱情忠贞的鸟。我的一个画家朋友高伟，在大学里教授绘画，他有一组数幅以仙鹤为题材的工笔画，其中有一幅，一只仙鹤在迁徙途中不幸夭折了，另一只默默在一旁守候，其他仙鹤也悲哀地低下了头。仙鹤也是高贵的鸟，代表长寿和富贵。民间传说，它寿命有几千年，这当然是人们的美好愿景了。但，这组雕塑群里的仙鹤，寓意应该也是青春永驻、健康长寿。

如前所述，这组雕塑群的主体雕塑，是三层莲叶。莲花与佛教关系密切，是佛教四大吉花之一，有莲花座、莲花台、莲花宝瓶等，释迦牟尼和观世音菩萨坐的就是莲花宝座。同时，莲花在文学中也被众多的学人、雅士所吟咏，有时还赋予其哲学象征，代表着高贵和神圣，也代表女性的美丽纯洁和高雅大方。唐朝大诗人白居易在《长恨歌》里有一句"芙蓉如面柳如眉"，就是形容美丽女子的。我有几个文友，都以"荷"来做自己的笔名。葛丽萍的笔命叫"夏荷"，她的书房叫"荷轩"，还有一个文友叫"若荷影子"。莲花还被赋予一种理想的人格，比如"出淤泥而不染，濯清涟而不妖"。莲花又象征美好的爱情，比如"并蒂莲""二莲生一藕"等。古人还有"并莲同心"之语。因为莲花的别名叫芙蓉花，或云水芙蓉。"芙蓉"，谐音即"夫容"或"夫荣"。莲花另一层寓意是"君子"，《群芳谱》中说"凡物先华而后实，独此华实齐生。百节疏通，万窍玲珑，亭亭物华，出淤泥而不染，花中之君子也"。最著名的当然要数宋人周敦颐的《爱莲说》了，其影响早已深入人心。著名苏州文人周瘦鹃先生，因为和《爱莲说》作者同姓同宗，把莲花说成是"吾家花"，倒也不客气。他老人家一生爱盆景花草，他家的客厅，就叫"爱莲堂"，关于莲花的文章他也写过几篇，在《谈谈莲花》一文中，他引用的十数首古人的诗词，都合我意。而清人孙汝兰的《百尺楼》云："郎去采莲花，侬去收莲子。莲子同心共一房，侬可如莲子。侬去采莲花，郎去收莲子。莲子同房各一心，郎莫如莲子。"却又暗合了很深的哲理。海州云台农场有一大片荷花园，号称万亩。有一年，晚报的刘毅先生约几位文人去观荷采风，回来后，每人要交一篇短文，我写了什么，忘了，但我们乘船在荷荡中穿行，眼看手触的都是莲叶、莲花，倒是有"花为四壁船为家"的况味。再说十多年前，我在离万亩荷花园不远的山南坡上，购石头屋五间，因站在门前可望见万亩荷塘，便把小屋命名为"荷边小筑"。如今"小筑"已经易手，书房名还一直伴随着我，特别是我们小区也有一池荷塘，"荷边小筑"也实有来处了。

回过头来再说这组雕塑群，设计者以水池为基础，怕是和莲花也有分不开的关联，毕竟莲是生于水中的植物。在水池周围，遍植四季常青的植物，对于整个雕塑群，起到整体协调的功效，也有一种和谐的美感。

　　总之，"莲花仙鹤"雕塑群，经得起居民慢慢去品味，相信居民也会从中得到许多唯美的启发和人生的感悟。

窗里窗外

"推窗一望，绿了垂杨，台城草碧，玄武湖光……"这是俞平伯先生《重游鸡鸣寺感旧赋》里的句子。我特别喜欢开首的"推窗一望"，确实能在突然"一望"间，看到许多风景，产生许多联想。俞平伯看到的风景，让他触景生情，越发地怀念当年和朱自清一起游览时的情景，催生了这篇言未出而泪先下的"感旧"之作，让人过目难忘。

窗，对于住宅而言，好比人的眼睛。眼睛是洞察心灵的窗户。一个人有一双漂亮而清澈的眼睛，不仅让人亲近、有认同感，还有着非同一般的美丽。建筑如果没有窗户，或没有和建筑相匹配的合适的窗户，就会失去生动，失去灵气，显得刻板生硬，也无法让人联想，无法让人感怀。所以，著名诗人蔡骥鸣先生就有一篇题目为《窗》的咏颂，其中有这样的句子：

> 这一片新的天地
> 与你，与我的未来
> 相视而笑
> 拥有了它
> 才能拥有这片窗子……

对于住宅革命来说，新式小区的规划，不仅各方面的品质让人称奇，就是在一些细小的环节上，同样让人赞不绝口。这里只说窗户——其别具特色的窗户设计，就让人耳目一新，顿觉心中打开了一扇新窗。

众所周知，住宅的窗户除了有透光照亮的功效外，还有很多功能。仅从设计的美观和整体建筑的协调上来说，就深有学问，也大有文章可做。我所居住的"秀逸苏杭"的窗户设计，充分考虑到人居的舒适度，在大小、比例上，极力做到完美，在窗框材质上，选用上等塑钢。这种材质重量轻，隔热性能好，抗风吹雨打，也抗太阳暴晒，使用年限可达百年左右。造型上，更是和楼盘比例相协调，从楼下眺望，整体上排开，整面扩展，棱角柔和，高宽自如，适合主人们用各式的窗帘来美化。

有些选房的朋友不注意窗户的细节，其实这是一种误区。因为家是我们长期栖息之所，需要营造相对独立的小环境，挡风避雨，遮阳隔音，既要享受窗户带来的方便，又要保护自己不受外界的侵扰。如需要窗户多透光线吧，又担心随着阳光而来的，是多余的热量；需要窗户快速通风吧，又怕随着流通空气而来的，是灰尘和噪声。那么，在营造自己的小环境时，就需要有合适的温度、湿度、空气和光线，还要有适合的声音环境。

大学者钱锺书先生，写过一篇散文《窗》，他在文中不失幽默本色，还引用了不少典故。他说："窗子打通了大自然和人的隔膜，把风和太阳逗引进来，使屋子里也关着一部分春天，让我们安坐了享受，无须再到外面去找。古代诗人像陶渊明对于窗子的这种精神，颇有会心。《归去来辞》有两句道：'倚南窗以寄傲，审容膝之易安。'"又说："门的开关是由不得你的。但是窗呢？你清早起来，只要把窗幕拉过一边，你就知道窗外有什么东西在招呼着你，是雪，是雾，是雨，还是好太阳，决定要不要开窗子。上面说过窗子算得奢侈品，奢侈品原是在人看情形斟酌增减的。"

　　由此说来，窗也是我们的好朋友。无论你住在哪一幢楼里，只要你打开窗，就能看到眼前的风景，那池碧水，那方亭台，那条绿荫长廊，那透着异域风情的文化墙，那各色造型的喷泉，那一棵棵老树、新柳。这些美景，总能让你从某个角度看得见，咀嚼再三，欣赏玩味。或者呢，在林荫道上，在广场一隅，在草坪一侧，在湖边长椅上，年轻的母亲牵着孩子玩耍，欢声笑语中，透着欢快和欣喜。再或者呢，老年人在晨曦里跳舞，在黄昏中散步，都会产和谐、安逸之美。所以，我极欣赏钱锺书所说的"窗可以算房屋的眼睛"，以及他引用的古人的话，"窗，聪也；于内窥外，为聪明也"。"正和凯罗《晚歌》起句所谓：'双瞳如小窗，佳景收历历。'同样地只说着一半。眼睛是灵魂的窗户，我们看见外界，同时也让人看到了我们的内心。"

　　新时期文学发端不久，"探求者"陆文夫先生写过一篇小说《临街的窗》，对那两户人家的窗户，有详细的描写：

　　楼上有一排长窗，总共十二扇，每扇有一尺多宽，却有一丈多高，两头有花板，当中嵌玻璃，梅花形的窗格棂儿衬在玻璃里。不知道从什么时候起，那十二扇长窗被一分为二，楼上住了两户人家，每家有窗六扇。窗子是人类的一大发明，它不仅可以透光透气，还能透出个中的许多信息：

　　西六扇长窗没有什么看的，引不起人们的遐想，也引不起人们的注意。里面住了一个头发花白，腰背佝偻的小老头。此人有时候也临窗生兴，唱几句地方戏，板眼十分正确，那声音却能叫人起鸡皮疙瘩的。

　　东六扇长窗就美了，有粉红色带黄花的丝质窗帘，轻风撩开了窗纱，可以见到一位美丽的少妇当窗梳头，那长波浪的青丝一会儿披散在双肩上，一会儿又随着那仰起的脖子甩向脑后，使得窗下的行人脚步也有点迟疑。这少妇有时候也唱几句地方戏，嗓音甜美圆润，听了叫人舒心畅气。

看看，同样的窗户，不一样的窗帘，不一样的主人，给人的感受也是全然不同的。所以，切莫小看窗户的作用。

说窗的话还能说上一大堆。但是，拥有一扇属于自己的心仪的窗、独有的窗，那可是生活中的一大幸事了。可以想象，当辛劳了一天之后，回到家中，倚靠窗前，看窗外无边的风景，同时也让自己融进风景里，成为别人的风景，那将是何等的风情和浪漫啊！正如九叶诗派的代表诗人陈敬容在《窗》里所抒情的那样：

> 我将怎样寻找
> 那些寂寞的足迹
> 在你静静的窗前
> 我将怎样寻找
> 我失落的叹息？

让静夜星空

带给你我的怀想吧……

　　我住在顶层，窗户自然很高，能看到花果山连绵不绝的风景，还能看到小区前边一所大学的校园，西边更是如玉带般婉约飘过的运盐河。想想这三处景观吧，每一次该有怎样丰富、秀丽的内容。真是好窗才有好风景啊！

石不能言最可人

"花如解语还多事，石不能言最可人。"陆放翁有许多好诗，传诵不衰的好诗，这一句也常被历代爱诗人所提及。但也有人不以为然，不赞成这种一抑一褒的表现方式。我倒不去计较，并且认为，诗中并没有一抑一褒，说"花如解语还多事"，不是"无事生非"的"事"，也不是"多管闲事"的"事"，更不是"没事找事"的"事"。这里的"多事"，是对花的另一种赞美，表现的是花的多重品质。关键是，欣赏者老停留在"还多事"上，没有细致体悟"如解语"上，如果琢磨透了，就不会有这样的理解了。而"石不能言最可人"，同样的道理，这里的"可人"，并不仅仅是说石是可爱动人的，而是多重地表现了奇石的高妙，甚至也是"还多事"的。

小区里，就有这些"多事"的石头。

难道不是吗？那些花样繁多的绿化带和花丛中，不经意间，便可巧遇这些石头。当然，它们是作为景观石，被人为地安排在这里的。这些景观石的体量虽然可用巨型来形容，但在绿茵茵的大片草地的映衬下，又是小巧的、玲珑的。它们像花海绿丛里的岛屿一样，稳重、踏实，又像点缀的珍珠宝石，雍容、珍贵，同时又表现出活泼、跳跃的情趣来。总之，这些景色可以随着人的思维而变动，任由你发挥想象。

初夏某日，月上黄昏时，我在小区里漫步，晚风徐来时，竹径通幽，树影婆娑，整个小区有着不一样的清爽和气韵。在移步换景的花丛小径中漫步，和往常一样，不时会有跳入视线的景观石，或卧，或躺，身形各异，或端庄，或活泼，给小区增添动感和活力。有的景石上，还刻着书法体的汉字，更体现出中华文化的博大精深。"博爱""仁厚""宽""缘""慈"等，每一个汉字都表达不一样的意境和情思，每一块景观石，都因为汉字而焕发了新的活力。仅以"博爱"举例来说，这一词最早出自

《说苑·君道》中的"人君之道，清净无为，务在博爱，趋在任贤"。"仁慈"和"博爱"，已经成为汉语的日常词语，进入寻常百姓的口语中，历代以来，也被文章家和诗词家们使用。《孝经·三才章》云："先王见教之可以化民也。是故先之以博爱，而民莫遗其亲。"三国时的曹植，在《当欲游南山行》中说："长者能博爱，天下寄其身。"宋人欧阳修在《乞出表》之二里说："臣闻愚诚虽微而苟至，可以动天；大仁博爱而无私，未尝违物。"孙中山喜欢到处题字，"博爱"二字也是他喜欢题写的，他在《军人精神教育》里甚至还有阐述："博爱云者，为公爱而非私爱，即如'天下有饥者，由己饥之；天下有溺者，由己溺之'之意。"现在，"博爱"一词，许多做公益的人士，更是常挂在口边，视为一种广泛的爱了。其他的字，当然也都有不同的寓意。我看到有不少人都会于行进间，在景观石前驻足停留片刻，面对着巨石上的漆红汉字，沉思着，慢慢品味一番。

众所周知，石是静态的，无法开口说话，也不像植物那样，生枝长叶，开花结果。但是，大自然是公平的，它赋予了奇石别样的形态，仅就我们小区的数十处奇石而言，有的壮丽，有的多姿，有的婉约，有的沉稳，有的厚重。这些奇石，焕发出特殊的文化内涵，并有一种神韵和气场，萦绕不绝。

海属大地上，地质状态特别神奇，我见过的石头，叫得出名字的就有十来种。比如蛇纹石，在东海山左口，石头的斑纹像蛇身；比如磷矿石，在海州锦屏山，石头里含有磷元素；比如水晶石，现在更是东海的一宝，做成了产业，东海成为世界水晶原石和工艺品加工、销售的集散地；还有和水晶石结构相同的石英石。听说，近年又发现了金红石、石榴子石、绿辉石等珍贵矿石。另外，还有马陵山的红石头，俗称"牛槽石"，旧时农家喂牛吃草的牛槽多用这种石头，其结构松软，方便雕刻打磨（也可磨作刀石用）；平明山有一种黑石头（结构不知道），坚固耐磨，粉碎后，可以和水泥、黄沙混合搅拌，做成建筑材料。这些石头，各具个性，各成世界，各有特色。如果在化学家那里，他们会用同位素年龄测定的方法，使石头说出自己的年龄；在地球物理学家那里，用地震波的方法，使地下岩层表白自己离地球表面有多少距离；在考古学家眼里呢，自然还有另外的说法；在雕刻家那里，又成了一个个精美的工艺品。

但，在园艺家眼里，它成了景色。比如太湖石，说它的美文太多了。像散落在花草树木中的这些普通的石头，它们似乎就单纯了许多，它曾经很可能就躺在云台山的某个深沟里，躲在某一处的山溪旁，藏在一棵千年老树下。有一次我在太白涧（传说李太白去玩过并在那里住过一阵子），就看到许多巨型的大石头，各具形状，各有风采，层层叠叠，错落有致，涧水从它们的身下或身上穿过，淙淙有声。我不禁感叹，石头不会做假，虽不会开口说话，它自身的语言更生动、更活泼、更可人。

在我们小区里，真的有许多看不尽的风景，有亭，有廊，有榭，有各种花果，也有无数种常绿乔木，这些都能让我停留驻足。但我却在那些巨型奇石前，踟蹰良久。有字的，无字的，我都一视同仁，都要细细去想象，去走进奇石的内心世界。从某种角度来说，这些奇石都有其传神的面貌，都有其绝佳的造型，都经过了园艺师的精心打造，或三五成群，或独处一处。有的独卧，有的傲立，有的斜出，有的半掩，有的静卧花丛，有的横陈路边，仿佛一首诗、一幅画，也仿佛一首歌、一段舞。它们都有自己的结构组织来表达它们的本质，诉说它们的情怀，传达它们的思想，吟咏它们的诗章。如果仅仅把它看作一块石头，就大错特错了；如果仅仅揣摩石头上的汉字，而忽视了石头本身的语境，也同样走入另端。一花一世界，一树一菩提，那么一块石头呢，同样有其丰富的内涵。

长亭更短亭

我见过太多的亭。园林中的亭，道路上的亭，诗词中的亭，戏文中的亭……它们都不是生活的必需品，也不像把玩件那样值得细细地玩味和欣赏，但都实实在在方便并装点了我们的生活。

因为研究俞平伯，我曾专程去苏州马医科巷的曲园探访，被不大的园中的几处亭阁廊榭所吸引，特别是小巧的曲水亭，还有对面的回峰阁，都属于半个亭，却和整个曲园相得益彰。当时还和同游的友人说，园中无亭，等于文章里缺少点睛之笔，终归是失败的。后来把这个想法延续到住宅小区里，觉得一个花园式住宅小区里如果无廊无亭，会显得单调乏味，同样算不上成功。

我是幸运的，我们的小区不但亭阁廊榭一样不缺，而且有许多形态各异的亭。究竟有多少亭？我初时竟没有数得过来。梦缘亭、采缘亭、圆缘亭、望缘亭，还有什么亭？大约还是有的吧。它们分布也很合理，或在湖边，或在绿地边，或在长廊边，或在香樟树下。亭名不一样，造型也不一样，用意当然是有差别的，就说这梦缘亭吧，诗意、情意、缘分、梦想，听起来就想在亭里小坐。对，亭是适合坐的，都有舒适的美人靠。坐在亭里的感觉也不一样：旁边是草坪绿地，青青葱葱，老树新芽，叶茂枝繁；从山上原样移下来的巨型石头，汲取千万年的地气精华，分布在树下、草地边，如点缀的花朵。周遭呢，空气澄明，阳光灿烂，风也温柔，让你感觉此时唯有静坐于亭中，才是最合适的姿势。亭为六边形，六根橘红色廊柱，柱的底座是白色花岗岩，造型简洁大气。美人靠也是经过精心设计的，靠背的弧度恰到好处，柔和而亲切，和亭相融一体。亭顶是琉璃瓦，边檐为荷叶形，黑底的牌匾上，有稳重的"梦缘亭"三字。亭的整体构造虽小巧却显得锦绣，突出"梦"和"缘"，让人禁不住浮想联翩。

众所周知，亭是一种传统建筑。早年间的亭，多建于山间、路旁、江边等地。山野之亭，供山林隐士下棋、弹琴、煮茶、行酒之用。这样的雅聚，中国古代文人画中多有反映，那草亭，那古琴，那棋子，让人想起神仙一样逍遥的生活。路边的亭、湖边的亭、江边的亭，大多是供行人休息、乘凉或观景、望远之用。比如《梁祝》里的草桥亭，因《草桥结拜》一段经典唱词而被许多人铭记、传唱。

从古至今，亭的变化不大，一般为开敞性结构，材料为砖、石、木、竹、瓦等，没有围墙。也有半山亭、半江亭等异形亭，因地就势，却也是恰到好处。后来，公、私园林兴起，亭的发展又进入一个全新的阶段，成为园林的重要组成部分。这时候的亭，在艺术上、形式上，开始讲究起来，大小形态越来越美丽而多样了。有人写过《园冶》，对亭有如下描述："造式无定，自三角、四角、五角、梅花、六角、横圭、八角到十字，随意合宜则制，惟地图可略式也。"也就是说，亭，以因地制宜为原则，只要适合整体布局，就可以了。

我是喜欢到亭里坐着望望呆的，也是喜欢看看亭的。花果山玉女峰顶上有一个八角形石亭，全部用石头砌成，没有梁柱，也没有水泥、石灰扣缝，堪称一奇。这个石亭处在一个风口上，朝亭中一站，不仅四面景色尽收眼底，还能测出风向和风力。常熟护城河沿岸遍植樱花，河边的樱花林中有好几处亭子特别秀雅，既是装点风景，又可供市民休息。早春樱花怒放时，还可在亭里一面看花，一面看水，特别有雅意。我就曾在琴川附近的亭中欣赏过烂漫的樱花。近年去过几次苏州，苏州园林都有亭，沧浪亭更是以其亭名为园名，当然要去看看了。此亭其实很简单，结构为方形单檐歇山顶，算得上标准的江南园林之亭了。我看来看去，感觉此亭的出名，不是靠华丽、高大取胜，而是靠简朴、文秀，来追求江南建筑形式的最高境界。

在看别人家的亭时，我自然会想起我们小区的亭。哈哈，我们的亭也好，不去靠古怪的造型来吓唬人，它是以恰到好处的比例、尺度、韵致及色调来设计建造的。整体上，亭和亭之间的距离也很有讲究。坐在任意一个亭里，都能隐约地望见另一个亭，让你有再去看看的冲动，比如在望缘亭里，透过飘扬的垂柳，可以望见湖边假山旁还有一亭。这也体现了建筑艺术的根本所在，既相互远离，又有所牵连。从亭的命名上，突出一个"缘"字，可以引申出丰富的文化内涵。

如前所述，住宅区里的亭，就如文章的题眼，是"点睛"之物，所以多设在视线交接处。如采缘亭，从花圃入一小园，隔文化广场，成为构图中心。又如望缘亭，在喷泉的上方，处在文化广场、别墅步行道和月牙湖三处的交汇点上，在亭中即能把美景尽收眼底，而从不同的方向，又能看出亭的美妙。

平日里，这些亭中，常有人来坐坐，老人、学生都有，也有上班族在劳累一天后，来此做短暂的休息，当然也是约会人常常相聚的地方了。有一年秋，正是桂花飘香的时节，一个诗人来小聚，原本约好一起去茶社饮茶的，诗人却在亭里不愿离开了。其时，桂花的香气特别浓郁，也不知从哪里飘来，但能明显感觉到桂花就在附近，就在我们抬眼就能够望到的地方。香气是一缕一缕的，一阵一阵的，连绵不绝。我大约是在这香气里穿行多日，习以为常了，并没有感觉它的美妙来，经诗人提醒，才如梦方醒，原来我们的生活是一直与花香相伴的。但也只有静坐在亭中，与友人喁喁闲聊，在亭的文化底蕴和艺术内涵的熏陶下，这样的感受才别有意趣吧。

社区的"书签"

许多人住进了高楼后，感觉自己所居住的房子没有
"天"，也没有"地"，长年累月被"拘禁"一般，半悬
在一个"小盒子"里。钢筋水泥墙，春夏秋冬一个样，不
是这面墙，就是那面墙，懂点艺术的，会在墙上挂些字
画，或别的小装饰，而大多数人家的墙上是空空荡荡的。

外墙呢？同样少有人去打理，或红砖扣缝，或抹上一
层白灰，有的还布满脏渍。人对朝夕相见的墙毫无感情，
墙也与人没有互动，没有交流，彼此隔膜着。

我们居住的小区就完全不是这个样子了，不仅有独幢
别墅的独具特色的墙，还有一道逶迤几百米的文化长墙，
而在多层住宅架空层里，更是在墙上做了许多的装饰，或

掬云偶拾·陈武随笔

镶以砖雕的壁画，或挂着文化格言牌匾，形成了独特的"墙文化"。

在四面都被绿植包围的运动休闲空间里穿行，会被扑面而来的墙文化所吸引——楼房的底层架空空间足够高，面积足够大，凉爽、舒适，廊柱和墙壁上挂着的砖雕壁画颇具民族风。有一幅画，画面上是一个荷花池，池水泛着细密的波纹，莲叶何田田，荷花正艳，池岸和池中绿洲上，小鸟在悠闲地嬉戏。整幅画面，安静从容，田园景象尽现。这些砖雕壁画，遍布休闲区的各个角落，大大小小有三十多幅。在这些砖雕中间，可看到多条中国式格言警句。比如："礼貌使你变得高雅，助人使你得到快乐，谦让使你增添美德。""以微笑缩短彼此的距离。""待人接物德为重，言行举止礼为先。"这些格言警句，虽然常见，透出的哲理之光却是万古长青的，会让我们感到心灵干净、纯洁，也值得我们长久地回味和诵读。甚至一些标牌的上方，也不忘印上这些警句。有《论语·述而》里的"子曰：三人行，必有我师焉；择其善者而从之，其不善者而改之"，"默而识之，学而不厌，诲人不倦，何有于我哉"。有《左传》里的"人非圣贤，孰能无过"。有李白、杜甫、苏轼等的名句："大鹏一日同风起，扶摇直上九万里。假令风歇时下来，犹能簸却沧溟水。""两个黄鹂鸣翠柳，一行白鹭上青天。窗含西岭千秋雪，门泊东吴万里船。""古之立大事者，不惟有超世之才，亦必有坚忍不拔之志。"这些和文化、艺术、自然相融的墙面，不仅体现了一种文化情怀，也体现了他们有长远的眼光。

再来看看这道文化长墙，更是有许多元素可以记叙。它建设在喷泉广场的北侧，连接喷泉广场和别墅区，古黄色的墙面上有数百幅远古的造型图案。这条文化墙，就像一枚书签或藏书票，一下子提升了小区的档次。

一天清晨，出门散步，我从文化长墙的起端一边走，一边欣赏这些远古的图案。漫步在新鲜的空气里，沉浸在浓郁的艺术氛围中，一幅一幅地欣赏和品评这些造型各异的浮雕造像，每一幅都能讲出精彩绝伦的故事，每一幅都能让人产生无穷无尽的想象，让人仿佛穿梭在历史的进程中，感受着人类一路走来的艰辛和辉煌。

有一幅浮雕画特别精美———一对青年男女，戴着夸张的面具，相互赠送礼物。从人物造型上看，可能是古罗马的雕像，反映的是爱情这一永恒的主题。整个画面布局齐

掬云偶拾·陈武随笔

整，人物形象栩栩如生，还有强烈的装饰效果，又不失艺术的感染力。还有一幅浮雕上，一个身材高大的男人坐在椅子上，头戴象征贵族身份的、考究的帽子，正在和一个同样装束的男人闲聊，那种闲适和从容，让整个画面显得十分大气。更有一幅浮雕，抽象得让人产生多种想象，有飞鸟，有人身兽面人，有吉祥的花草，至于那些读不出来的文字似的符号，会让人感觉历史的久长和时间的飞逝。一路看下来，真是受益匪浅啊！这些精美的浮雕，有写实派、现代派、抽象派，有古典主义、印象主义、写实主义，每一幅浮雕都有一个独立的故事，都让人有美的享受。浮雕的人物情态逼真，风景亦是极为动人，还有什么比这样的艺术品让人惊叹呢？

我正在忘情欣赏时，突然听到相机拍照的"啪啪"声。我看到一个中年摄影师，他背着一只硕大的摄影包，正在拍照。他的镜头，对准的正是这些浮雕。相机照完了，他又拿出手机继续拍。我想，照片留下的是瞬间的永恒，他是否也和我一样，在历史的长河中，寻觅那思古怀悠的情感呢？是否也听到那些激荡着古代文明的回声呢？也许，在以后的生活中，还会有很多人来摄影，他们把这些精美的浮雕影像带回家，慢慢欣赏和品味，慢慢体会其中的文化含义。

一路参观下来，我一直都沉浸在美好的享受里。既走进了远古，又置身在现在；既是休闲和散步，又享受了艺术和美。我们还有什么理由不感谢把艺术带进小区的设计者呢？他们不仅是在建设一处宜居的花园小区，还是在传承文化和历史，或者就是在宣扬一种建筑美学。正如建筑学家梁思成说的那样，这些美的存在，在审美者的眼里，能引起特异的感觉，在"诗意"和"画意"之外，还让人感到一种"建筑意"。

是啊，这道文化长墙所体现的，就是"建筑意"。

漫步着，漫想着，现实的墙让我想起纸上的墙。姑苏才子陆文夫有一篇小说，题目就叫《围墙》。情节我还记得大概，说是单位的墙头经过一夜风雨后倒塌了，单位的一个青年风风火火地找人修理，又是托关系，又是选工匠，费了老大的功夫修好后，却引来许多风言风语，有的说青年如此卖力，必有企图，要么想表现自己，要么就从修墙中得到了什么好处。小说是怎么结束的，忘了。但小说所表现的思想，却让人深思。但这篇小说毕竟时隔三十多年了，所写的故事也在三十多年前，要是青年修好墙后，再在墙上做些文化的修饰和铺排，不知又会遭到怎样的议论。

门和"门神"

　　千百年来，门文化在中国有着源远流长的传承，古人云。"宅以门户为冠带"，道出了大门具有显示形象、展示门庭的作用。古代社会中，门是富贵贫贱、盛衰荣枯的象征。穷人家的门，都是破旧而矮小的，"村径绕山松叶暗，柴门临水稻花香"不过是文人理想的宜居环境和浪漫情怀罢了，信不得真的。只有那些富贵人家，才有讲究：门楼高大巍峨，门扇结实厚重，装饰精雕细刻，颜色重彩辉映。这样的门，既可与一般的街坊百姓的区分开来，又可以炫耀于长街，照耀于后世，展示自己的荣华，如果再配上石狮和高大的台阶，就让你还未及走近门口，便自觉矮了三分，生出几分畏惧来。

我们小区正门，也有不凡的风姿，俊朗、巍峨，耸立在苍梧路上，成为一首厚重的诗章和一道亮眼的风景。

门因为其特殊属性，总是引人注目的，不仅占尽了出入口的"区位"优势，门文化也一直为世人所津津乐道。我们天天进出的大门，风格有点中西合璧的意思，并排平行的五个出入口，门边有挺拔的罗马式廊柱，五个门共十根，弧形拱门上方，是三组移动状的祥云。祥云文化又是中国所特有的，古人有"祥云入境，行雨随轩"之语。传说祥云是神仙的交通工具，脚踏祥云，神仙就可随意出入于凡间和天界。

古今中外的大门，可以说是民情风俗的展台，浓缩了各地的传统文化。从车水马龙的大街进入我们的小区，首先映入眼帘的，是一个胜利（平安）女神雕像。雕像同样是中西合璧的风格，只不过，这个雕像以"西"为主，平安女神的造型也是外国人的形象，手持平安棒，安静而慈祥地注视着出入通道，祝福、护佑进出的人们。雕像底座是一圆形喷水池。大门两侧的群楼，呈"八"字形，向业主张开巨臂，欢迎并拥抱广大市民。更有意义的是大门两侧的"门神"，各由六棵几十年树龄的大树组成。我们显然更加谙熟门神的象征意义，中国的古代门神，从神荼、郁垒开始，依次下来，到秦琼、尉迟恭、钟馗、魏徵、姚期、马武，还有关羽、周仓、焦赞与孟良……及至门前石狮，可以数出长长的一串，用大树做门神，更注重环保和自然，每边种植六棵合抱粗的大树，有根深叶茂的寓意，可以说是新门神。那十根罗马式的廊柱，被赋予了中国元素，也算是新门神的延伸了，曰"十全十美"。

　　古时，对"门第"是很讲究的，不用进家，看看门，就能知道这个家的家境了，大门成了名副其实的"脸面"。带门楼的"朱漆大门"肯定是有钱人家，"鸡鸣白板扉"式的白板门，那一定是贫寒人家了。有的人家把门漆成黑色的，民间叫"黑煞神"，起到的也是门神的作用，寓为"黑煞神"挡门，谁敢来侵？从建筑意义上来说，门，主要功能是围护、分隔和交通疏散，并兼有采光、通风和装饰等作用。而旧时的城门或现在的社区大门，要用于交通运输、安全疏散和防火，这就决定了门的宽度、位置和数量。我们的小区有多个门，四面都有门，而正大门共有五个出入口，主门两侧各有两个偏门，更好地符合上述的要求。大门选用的材质，更是考究，是泛着金光的米黄色大理石。用磨光的石材做装饰，不仅庄重大方，还是对进出者的一种尊重和礼让，具有很深厚的文化内涵，将门的实用功能、装饰功能和文化功能有机地融为了一体。

在我们的日常生活中，门很重要。远行的人，走在回家的途中，常说的一句话是，"好像望到家门似的"。其实还在路上呢。但望到了家门就仿佛到了家。

我长年工作在外，常常会有望见家门的幻觉。

"爱神"的广场

"爱神"是一组雕塑，是小区里最抢眼的建筑。

选一个周末，遛弯去。

沿着整洁宽敞的中心大道，在小区漫步，不由得有移步换景的感觉。沿途全部有四季常青的绿化带"保驾护航"，和绿化带融为一体的，是品种繁多的名贵花木，在短短三四百米的路程中，好几组雕塑更是让小区陡增多重的文化元素，更不用说同样让人惊叹不已的几处长廊和数百年树龄的巨大的银杏树了。在接近聚缘亭时，远远望去，洁白的"爱神"已经清晰可见了。

根据以往的经验，此时应该慢下脚步，最好到聚缘亭中小坐片刻，让心里平静一会儿，因为"爱神"雕塑是需要细品的，是需要感知的，甚至是需要和她对话的。

　　坐在亭中，正好可以看到"爱神"雕塑的正面。雕塑共由四面组成，除了正面是一尊"爱神"外，其他三面都是群雕。我静静地看着"爱神"，用目光和她交流，用心灵感知她。她身穿裙袍，右手持短杖，左手托圆球，面色沉静，神态安详。她是谁呢？我已经无数次欣赏过这组雕塑了，每次都会问问自己。说真话，我不认识她。我知道西方的爱神有维纳斯，她是爱与美的象征。但是我面对的这尊雕塑不是维纳斯。我还知道有小爱神丘比特。丘比特是小男孩，有一对闪闪发光的金色翅膀，手持爱的神箭。显然他们都不是我眼前的"爱神"。其实，早在一年多前，我第一次欣赏这尊"爱神"时，就已经不在乎她是谁的化身了。她的形象，也许是唯一的，是我们共有的。如果她的形象以后出现在别的建筑群中，人们经过考证后，说这是我们小区的"爱神"，这就够了。

　　我冥想了一会儿，仿佛进入某种灵境，心怀一种感恩和博爱，走出聚缘亭，向"爱神"走去。在悄然走下三个台阶后，双脚便踏上"爱神"前的广场了，踏上广场，就进入爱的怀抱了，身心自然沉浸在甜蜜和美好里。这时候，再看整组雕塑，它坐落在一个圆形的大理石砌成的基座上，显得洁白而庄重。在基座的外围，是一层点缀的绿化带，一个半圆形的水池半包围着雕塑，水池水深约六十厘米，水面上盛开着紫红色和乳白色的睡莲。有了这些点缀，雕塑又平添一种温柔、细腻的情致。

我和以往观赏时一样，在每个雕塑前都会停一会儿。如前所述，雕塑组共有四面，东面是天使造型的母亲，带着两个孩子，左侧的孩子怀抱橄榄枝。面北的雕塑也是母子组图，明显具有东方神韵，母亲带着三个孩子，一个卧在她膝边，一个被搂在怀里，最小的孩子正在哺乳，尽显母爱的力量和伟大。西面的雕塑又是天使造型，母亲身边的两个孩子，幼小的被抱在怀里，少年男孩席地而跪，母亲抚摸他的头部，似乎在安慰什么。南面的雕塑座椅上有兽雕，两侧雕刻有对称的莲花宝灯。南北两面雕塑带有东方元素，而东西两面的雕塑又是典型的西方风格，天使母亲都有一双展翅的翅膀，小天使都有一头卷曲的头发。雕塑的顶端，站立一尊金属塑像，更具西方元素——一个和平使者，一手托着和平鸽，一手持公平杖，象征着世界和平，人间有爱。

也许是周末的原因吧，广场北侧半圆形的喷泉正喷出造型各异的水柱，交替变化，有层次感，又有立体感，有高低组合、长短组合、交叉组合，特别时尚。有一组喷泉，是爱心造型，喷出的白色水柱呈现出一颗颗心形，和"爱神"雕塑颇为贴切。这样相互照应、相互辉映的爱的主题，应该是有意为之吧。更让人感到温馨的是，在"爱神"雕塑西侧四五十米远的广场一隅，是一个儿童乐园，几位穿着漂亮的年轻妈妈，带着她们的宝贝，正在快乐地玩耍。稍大点的孩子在玩滑板，一只脚踩着滑板，另一只脚麻利地蹬踏，滑板迅速向前冲去，然后双脚齐踏滑板，双臂展开，摆了个小小的酷酷的姿势。小点的孩子在玩轮滑，脚上穿着漂亮的轮滑鞋，歪歪扭扭地滑行着。有一个穿着小白裙的漂亮女孩，胆子太小了，老是呼唤着妈妈，穿着时尚的妈妈在一旁帮衬着，嘴里一再说着鼓励的话，当孩子大胆地向前滑去时，妈妈欢快地拍着手，开心地笑了。

广场上干净、整洁，年轻美丽的妈妈和天真纯洁的孩子在广场的"爱神"雕塑下玩耍，如此温馨的氛围，真不愧是"爱神"的广场啊！

长廊月色

　　长廊是中国传统建筑艺术的重要组成部分。廊的高宽、长短及艺术造型，都是有讲究的，绝不可随便一搭，做个室内和室外的过渡性建筑。它不仅仅有实用性，也不仅仅是点缀和美化的作用，当然，上述作用也不可少。从廊的发展脉络上看，其作用主要还是体现在空间上和建筑造型的虚实变化上，使整体的建筑群落看起来很"文艺"，有一种起伏的韵律感，就像一首律诗必须有"起、承、转、合"，而廊承担的，应该是"承"或"转"的功能。再打一个比方，廊就像交响乐队里的一支长笛，看似不重要，但少了它，细部音色就差了一点——看似失之毫厘，实则差之千里。

廊变化较多，有无顶和有顶，有双面空廊和单面空廊。古时候，有些廊比较复杂，如回廊、游廊、复廊、暖廊、半边廊、双层廊、单排柱廊等。

我们小区的廊也比较丰富，长廊、短廊、弧形廊，廊的顶部大多是开放式的，有的也有廊顶，供爬山虎、金银花等藤蔓类植物攀爬。

清明节前一天，我陪来访的朋友看廊。主干道浓密的绿化带后面，是一块块花圃，许多花木在春风中抽芽。桃花和杏花已经满树如云了，富丽得炫目。还有一种花，粉白粉白的，碎米粒一样，开满一树，素得人心甜。我一时没认出是什么花。梨花吗？或是樱桃花？都不是。不用多想了，树有树的姿态，花有花的语言，随她们在清明的风中，展示自己的芳容吧。花园里侧的建筑，还是那么的庄重、整洁——住在这里的住户真是有幸了。

正行间，不知不觉中，已置身于一条长廊，长廊下有舒适的条椅（亦称美人靠），身心立即有一种归属感。打量一眼，廊柱、廊顶简约而质朴，材料和颜色和周边的环境都很协调，散发着亲和力。更重要的是，这是一条单面空廊，一边用漆红的圆柱支撑，紧临花圃，另一边完全开放，面向路道，方便行人随时进入廊中小憩。坐下后，尽可以根据自己需要，或观赏路对面的花红柳绿，或带一册小书、一张晚报，静静地读，阳光会从廊顶漏下来，照在身上，暖洋洋的，舒坦、受用。友人是诗人，恰巧带来一本新出的诗集。当我接过诗人相赠的诗集时，感觉真是太好了。这样的环境，正适合赠书，也适合谈诗，于是，接下来的话题，便全是诗了。诗人也适时地赞美了周边的美景，认为这一通曲廊，和望缘亭、文化墙、喷水池形成一个整体，气脉相连，气韵相通，仿佛一幅完整的国画，情景交融，诗意盎然。如果谁要从望缘亭缓步而出，沿台阶去月牙湖，必经蜿蜒的曲廊。此廊有两个特点。一是沿喷水池而弯曲，和一池碧水紧紧相依，高扬的雾状的水汽会沾到身上，不湿衣衫，又爽心悦目。二是此廊从高往低，波浪一样下延，造型别致、风雅，廊柱上攀附的藤蔓，绿叶婆娑，别有情趣。

对，说长廊紧挨着月牙湖，或月牙湖边有一座弧形的长廊，都可。这长廊约有五十米长，很气派，属于休闲式。长廊里安置一张张条椅，可以坐下来，欣赏月牙湖的美景。月牙湖中有假山，有亭阁，有喷泉水景。与长廊隔月牙湖相望的，是花团锦簇的花园。你可以选择在一个周末的傍晚，带着家人来湖边玩耍，也可以和知心好友在廊中小坐片刻，面向湖光月色，谈古论今，臧否人物，就会觉得这长廊，这湖边，还有周围的气氛，像是专门为你营造的一样。

我国古代建筑中的廊，常常是以文化面貌出现的。廊中配有不同造型的栏杆和坐凳，也有配上挂落、彩绘的，更多的是配有砖雕或碑刻，以传达廊主的喜好。隔墙上，常饰以什锦灯窗、漏窗、月洞门、瓶门等各种构件。我们小区的廊，长长短短，造型不一，也有各自的个性语言。仅从命名上，就别出心裁，以"苑"统之，如"藤蔓廊苑""葡提廊苑"等。廊而有苑，说明廊并非单纯的廊，它是小区的组成部分，对小区空间的格局、体量的美化，起到重要作用，同时，也有开敞、连通等不同的功能。

长廊谈诗一个多月以后，难得这样有闲，在初夏的月夜里，我再次来到这里。

正好在附近喝了点酒，脚步是否有些歪歪，身体是否有些晃晃，已经不去管它了。我只是蒙眬着，抑或是恍惚着，坐在长廊的条椅上，毫无想法。风有些微微，吹拂着，一些残留的花香，一阵一阵地袭来。不远处的广场上，灯光柔和而斑斓，灯影里，有人散步，有人闲谈，还有两三个孩子骑小自行车转圈飞跑，笑声清脆而欢快。

我的目光从广场上收回，又从两幢楼间望向天空，让我惊异的是，我看到了星星，没错，确实是星星。好久没有注意天上是否有星星了。天上应该是有星星的。从什么时候开始，我们已经懒得抬头看天，懒得理会天上的星星和月亮啦？星星在天空闪烁着，似乎在说，我在这里。

"十五六，两头溜。"这是我小时候常唱的童谣。童谣里，既包含着童趣，也包含着天文知识，意思是说，阴历十五、十六两天，月亮在白天的黄昏时分，就从东方升起来了，而太阳还没有落山，这就是"两头溜"的由来。其实应该是"两头露"，东边正升着月亮，西边正落着太阳。说"溜"，是取谐音吧，其实就是日月同辉的意思。我突然记起来了，今天正好是阴历十五，月亮应该高挂苍穹了。

我站起来，踱出长廊，走进面前的花圃。离开了灯光，月色果然亲近多了，轻纱般笼罩在枝条和花朵上，如水如华，如梦如幻，花影月动，都是轻巧的、淡薄的、迷离的，给人一种似是而非的虚浮感，和人一样微醉，又明显透出一种诗情、一种魅惑，说不出的惬意和舒坦。且慢，这是什么花呢？植株并不高大，一丛丛的，株株相连，牡丹还是月季？已经进入六月，牡丹花花期已过。那么，应该是月季了。也只有月季花，花朵才如此之大；也只有月季花，花儿还散发迷人的馨香吧。我弓身细看，果然是月季花。月华，月季。这是否可命名为"双月争宠"呢？仿佛要验证我的假设，月亮一闪，突然明亮了一些，乳白色的月华，水一样弥漫开来，花丛里绿色的草坪此刻散出一种莹莹的绿泽，在草尖上跳跃，如精灵一般。我因这奇异的现象惊呆了，定睛细看，闪闪的绿泽似乎是大海里的潮涌，波动着，向花圃一端推涌过去，随花丛起伏，消失在高楼和大树的暗影中，又和远处的灯光遥相呼应。

朱自清美文里荷塘的月色，只是停留在纸上。即便能想象荷塘的月色应该是美的，毕竟相隔许久，而身边的月色，是那么可亲，何不尽情饱览一番呢？于是，在丽月花影中，我沿着花园小道，慢慢踱着步。这里的月色，和长廊里的，是完全两种不同的韵味。花圃里看的是月色，要低头看，配以花影的朦胧和暗香的浮动，感受的是迷离，是情致，是写意，是水墨。而长廊里看月，要仰头，看的是天上真的月色。

　　如此漫步着，又绕回到了廊下。人已经清醒了很多，再看此时的月，正在中天上，圆如盘镜，散发出柔媚的光辉。天色也是深幽的，满天繁星，呼应着月，使整个天空显得神秘和莫测，让人禁不住产生无限的遐想。稍远处的广场上，灯火通明，雕塑、亭廊、月牙湖、文化墙、轻拂的杨柳、高大的银杏，还有不停喷洒的喷泉，在夜色和灯影中，互为映照，让广场显得宏伟而博大。

嫩黄和嫩黄

进入四月已经有十来天了。早晨天亮，太阳刚好露头，我站在客厅的窗口旁，看楼下的树木。阳光从两幢高楼间照在小区的公共绿地里，吐芽长蕊的各种树木花卉上便跳跃着迷幻的光芒，会让人想起"朝晖"这个词。新生的树叶在枝头上，一天一个变化地生长着，特别好看。

早在十多天前，天气已经回暖，树上的枝条开始返青。我因搜集了两个牛栏栅大肚子瓷酒瓶，很可以做插花的容器，便去小区里寻寻觅觅，想找几枝造型好看且有绿芽的枝条做案头清供，转了一大圈没有发现合适的。主要原因是这些枝条从楼上看，已经脱去了冬日的枯干，近看时，实际上不过刚刚过了"冬眠期"，芽苞才有一点点动静，做清供未免操之过急了。这之后又过了几天，夜里下过一场透雨。早上，我拉开窗帘，习惯地朝楼下一望，呀，我看到了一树一树的嫩黄，像打开的几把巨伞，分布在公共绿地中，特别赏心悦目。而那巨伞大的嫩黄周围环绕的碧绿的树，被映衬得更加的绿，格外的绿。我从来没有注意过，以为树叶都是一样的颜色，没想到两个阵营这么泾渭分明，碧绿和嫩黄，特别是在朝阳中，层次感像音乐中的大提琴和萨克斯的声音，既融洽又各有风格。如果它们能发出声音，必定也是和谐的。

叶子嫩黄的是什么树呢？碧绿的又是什么树？我所在的楼层较高，看不清楚，大脑里也没有储存小区里的这些树种。大多数时候，我会欣赏着满眼的嫩黄和碧绿，会透过嫩黄和碧绿的缝隙看底下的湖泊——暂且叫它湖泊吧，它更像是一条人工河，东西走向，胖胖瘦瘦、宽宽窄窄地走了八九个弯，湖面上均匀地分布着三座石板桥，每座桥只由三块条石搭成。我从去年冬天搬来时，就没见过湖泊里有水，它一直都是干涸的。有几次我从它身边经过，看到干涸的湖床里铺着拳头大小的鹅卵石，都被阳光晒白了，像干涸了很久似的。当时没觉得遗憾，也许冬天北方的湖泊就是这个样子吧，又何况是这种小区里的浅浅的人工小湖呢。可当四月里鲜嫩的叶子在枝头摇曳时，突然觉得湖里该有一汪碧水才能对得起这盎然的黄绿和盎然的春意。

这天回来较早，才下午四点多，一进小区的大门，发现气氛有些不对。湖岸边，人多了，噪音大了，在运动小广场上，有不少家长带着孩子在玩。岸上更是聚集着三三两两的大人、孩子，欢声笑语的。我老远就望见了，湖里放了一些水。不知道从哪里来的水，水不多，清澈，仅仅能淹没湖底。

就是这么点水，也足够让孩子们开心了。

有个穿红裙子的小姑娘，也就五六岁的样子吧，粉嫩粉嫩的小手拿着一根小竹枝，轻轻地敲击着水，水便跳起来，她快乐地笑，"咯咯咯"的。她身边是一个年轻的爸爸，也跟着"呵呵"地乐。在小姑娘的斜对面，也就是湖的岸边泥滩上，有两个小男孩，一看就是双胞胎，穿和树叶一样颜色的嫩黄色小夹克，拿着红红绿绿的工具，在挖泥玩。他们的年龄要比打水的小姑娘还小，三四岁吧，也可能刚上幼儿园，那身嫩黄色的小夹克可能是幼儿园的校服。别看这兄弟俩年纪小，创意倒是不错，在湖滩边挖了个"匚"形的小水渠，现在水渠已经大功告成，正往渠里引水。兄弟俩满头是汗，也不讲话，只顾忙活了。拿着红色小锹的，不停地刨着已经被刨开的堰；拿着浅黄色三股叉的，也帮忙扒拉着，水流便变弯曲曲地顺着小渠灌满了。有一个，脸上喷了几点泥浆；另一个的衣袖原本是卷着的，不知什么时候滑了下来，沾上了泥水。二人的腿上就更不用说了，喷着的泥浆厚厚薄薄的。这样的玩法，太粗犷了，不是开明的家长怕是不会任孩子如此自由任性吧。我抬头一看，就发现了他们的妈妈，她正坐在湖对岸的一个小亭子里。亭子是水泥结构的，不算精，没有美人靠，抱柱上也没有楹联什么的装饰，四周是一圈水泥蹲。年轻的妈妈很美丽，长发拂肩，一件黑色的T恤，一条黄色的长裙——我心头一喜，她的长裙也是嫩黄色的，鲜亮又干净。我推翻了刚才的判断，原来双胞胎的嫩黄色小夹克并不是什么校服。这母子三人的装束是时下流行的亲子服，真是太可爱了。年轻的妈妈肩膀靠在抱柱上，身边是两只小书包，自然也是嫩黄色的，小书包上的卡通图案是两朵开放的春天的小花。我发现年轻的妈妈皮肤白皙，略施淡妆，脸上有那么一点点笑意，正注视着对岸泥滩上玩耍的孩子们。她没有要去帮忙的意思，也没有要去做什么指导，就这么注视着，带着笑意地注视着。孩子们忘我地玩着，她忘我地看着。她的神态，让我有那么一点点感动。

他们的装束、他们的心情，孩子们的玩耍、妈妈的笑，完全融进春天里了，融进春天的色彩里了。

月牙湖畔野草芳

　　月牙湖在文化广场东南侧，因湖的形状酷像月牙而得名。也许有人会说了，区区一个几百平方米的水面，就敢称湖？古人云："山不在高，有仙则名。水不在深，有龙则灵。"我这里也要说，湖不在大，有景则有味。月牙湖的景，确实值得一说。

　　湖边的垂杨柳是这个季节最妖娆的树，一根根鲜嫩的枝条上，满是鹅黄色的新芽，风动柳摇，艳丽夺目。穿过拂肩的垂柳，就是湖畔了。湖水深七八十厘米，说深不深，说浅也不浅，清波微漾，一池春色。湖边栅栏旁，石雕的一只只天鹅，向着湖水而立，似乎刚从湖中出浴，又仿佛要立即进入湖中嬉戏。湖中的一座小岛，就像扩大数百倍的盆景，在湖光的映照下，更显玲珑精巧。

沿着湖畔的便道慢慢散步，湖南岸是一个花园。花园里花开烂漫，白的是梨花，粉的是桃花，黄的迎春花已经开败了，那落满一地的金色花朵，惹人心怜，让人禁不住想起黛玉的《葬花词》，心中忽生伤春的感怀。其实完全不必，春尽夏来，绿叶婆娑，到秋风落叶，都是大自然的赏赐。背靠栏杆，迎视满园春色，竞相开放的花儿，都在向你微笑，都在诉说日月的美好。

园中不能无亭。在月牙湖和花园中间，是一座新式亭台，连接着湖和园，是湖园景色的极好过渡。站在亭中，一侧是湖波清爽，一侧是花香浓郁。亭中的长凳，供游人小坐。无论是坐下来欣赏周围的美景丽色，还是站立眺望，亭台都是你最佳的选择。浮想联翩中，会不自觉进入某种幻境，犹如古时书生，在亭中闲读，或和三五友人聚谈于此，上下古今，把酒纵横，说不定，也会吟出"疏影横斜水清浅，暗香浮动月黄昏""更待菊黄家酿熟，与君一醉一陶然"这样的美联佳句来。

穿亭而过，蓦然觉得，湖中的小岛竟近在咫尺了。

岛是由许多巨石堆积而成。远看是一座岛，其实是由无数小岛组成的。岛与岛中间,有狭长的"水道",有宽阔的"海峡",还有避风的"海湾"。扶栏而望,但见水中的仙岛更是景色宜人,有飞流直下的"瀑布",有随风摇曳的"竹林",更有迷惑人的大小洞穴。岛上,还植有许多苗木,在巨石的缝隙中,一棵棵景观树,和小岛相映成趣,让你感觉岛上的神秘莫测,让你真想飞身岛上,亲自感受一下那里的仙趣——但这是不可以的。不过留些遗憾也好,这种遗憾会演变为惦记,让你回家后还想再来。

午后的这段时间,在一般情况下,可是一天中最烦躁、最难熬的时光。可在月牙湖畔的浓荫下闲读,却有一种置身大自然的惬意,让我不由得进入书中的情节中,和主人一起去感悟人生,体察人情,分享快乐。太阳渐渐西下,突然有笑语声传来,一个蹒跚学步的小女孩,挣脱外婆的怀抱,趴在月牙湖边,用白皙的小手划起清冽的湖水。阳光之下,漾起阵阵金色的涟漪,那些飞起的水的精灵,像小女孩的笑脸一样灿烂,也像我的童年一样美好。

一年好景君须记。初夏傍晚的月牙湖畔,预备了最宽阔的舞台、最理想的环境,音乐轻扬,情侣们踏着优美的旋律,散步过来,揽腰搭背。一些人走在霞光中,用情去感受花的吐蕊、叶的卷合，还有如天籁般的夏虫的呢喃。这夏夜即将来临的色与香，难道还不够吗？有水为伴，有树木掩映，有花草点缀，这样的环境，才适宜现代人的居住，这样的环境，既体验了奢豪，又享受了情趣。

夜晚的月牙湖畔，适合两三好友来相聚，地灯、霓虹灯，还有人家窗户里透出的各色灯影，辉映在月牙湖畔。天上无数颗星星，倒映在深蓝色的湖水里，像一颗颗晶莹剔透的水晶洒落在湖底，闪着熠熠的光芒。

湖畔的花儿，适合月下欣赏。兰花、百合花、一串红、木槿、锦带花，月牙湖畔的这些花，还能数出长长的一串。月牙湖边的草，同样让人心动。菖蒲、水蓼、野薄荷，还有飞燕草，这些草儿，在月色中，颤抖着表示自己的喜悦，在月光照耀下，展示着自己别有风采的容颜。

就说那几棵水蓼吧。其实我在几天前就注意它了，它像小树，骨节膨大、坚硬，挺神气地生在水边。我还特意查了查资料，翻了翻书，知道汪曾祺写过水蓼，对生长在新疆的水蓼十分惊喜，他老人家也画过水蓼，几笔下来，神韵顿现。《诗经·周颂·良耜》云："其镈斯赵，以薅荼蓼。荼蓼朽止，黍稷茂止。"说的是农民在田里锄草，锄去苦菜和蓼草。这些草腐烂后，可作为肥料，能使庄稼生长更为茂盛。唐人罗隐在《姑苏城南湖陪曹使君游》有这样的句子："水蓼花红稻穗黄，使君兰棹泛回塘。"白居易在《县西郊秋寄赠马造》中写道："风荷老叶萧条绿，水蓼残花寂寞红。"这里的水蓼已经成残花了，和前句的"风荷老叶"呼应，可见作者心境之凄凉。与之相类似的心境，在他的一首《竹枝词》里更有直白的表述："巴东船舫上巴西，波面风生雨脚齐。水蓼冷花红簇簇，江蓠湿叶碧萋萋。"不过元人仇远的《送许君起赴余干教授二首》里，有一句"千里送君何以赠，长歌泮水蓼我诗"，比白氏显然要积极得多了。蔡伸有词云："远水澄明绿，孤云黯淡愁。白蘋红蓼满汀洲。肠断圆蟾空照、木兰舟。"古代还有一个典故，叫"蓼虫忘辛"。苏轼曾为此写了一句诗："少年辛苦真食蓼，老景清闲如啖蔗。"叶申芗《秋波媚》词云："小园奚似壮秋容。烟穗簇芳丛。萧疏画意，柳衰让碧，芦淡输红。　水天忽忆江南梦。落日放孤篷。影迷初雁，香留残蝶，点缀西风。"这些诗词，把蓼花的美和象征意味全都描写出来了。

　　水蓼入画的也有不少名作，汪曾祺先不说，近代齐白石就有一幅《螽斯红蓼图》：蓼叶用墨笔勾线，简约几笔，清雅得当；花穗则用朱笔绘出，也是干净而俊逸，一串串，挺立、微垂、横逸斜出姿态纷呈，别有趣味。整个画面，虽然只是墨、红两色，却给人一种饱满而丰腴的感觉。

在月牙湖边能看到小时候当作野蔬的水蓼，顿觉亲切了很多，从此也落下一桩小心事。每每有闲暇，我都会来到月牙湖边，这里看看，那里转转，寻寻觅觅，最后都要来看看那几株一天一个样的水蓼。月牙湖，不仅能让人休闲，还能勾起人淡淡的乡愁，真好。

千年芳华一树来

银杏，是树中的寿星。

银杏，能成为小区的一景，还真是不需多言。

夜里下过一场雨，苗圃的土地上，流淌涓涓雨水，雨水滑过银杏树的根部，那些蛛网一般紧紧扎进泥土的根须，尽情地吮吸。倾听这吮吸的声音，仿若奏的美妙乐章，似不远处居民楼里的人家里传出的琴声，听起来让人心醉神迷；有时候呢，"琴手"又像个顽皮的孩子，在琴键上乱弹，琴声毫无旋律和节奏，但同样凝结着欢乐、梦幻，并且充满着纯粹的大自然风情——这是夏天的银杏树。风从高楼和高楼之间吹来，枝头青翠的树叶于风中尽情舞蹈。它的老干枯枝，也在这样的季节里焕发了青春。

就连枝干上陈年的疤结，也同样被浓郁的绿所感染，欢欣着，舞蹈着，以自然、朴素的姿态，欣赏着周边的美景。此时的银杏树，和着美妙的乐曲，成了青春的化身，朝气盈盈，蓬勃昂扬。

这些两人合抱粗的银杏树，哪里来的呢？早就听过介绍了，它们都是从深山里移植而来的，花多少钱不得而知，只知道数额不少。这些银杏，在漫长的岁月中，经历的风雨，经历的霜雪，经历的雷电，或者说经历的喜乐悲伤，构成它们生命的全部。如今，它们带着自己的骄傲，扎根在我们小区了，它们将和我们一起，见证自己的不老，见证自己的长在，也见证永恒的青春。当我们老去的时候，它们还在。它们仿佛一部部经典的史籍，永远闪耀着智慧的光芒，让后来者常读常新，就如同世世代代的我们，凭借着对生活的热爱，对人生的理解，书写一个个撼人心魄的瞬间。

记得某年秋天，银杏树的叶子黄了，是那种惊艳的黄，黄得透明，黄得纯粹，黄得鲜嫩，像刚刚萌生出来的新芽，没有一丝一毫的矫揉造作。小鸟从树下飞过，风也从树下飞过，都感受到树的巨大。它们好生奇怪，枝条上的叶子密密匝匝，排列有序，枝和枝比肩摩挲，叶和叶相互簇拥，在秋霜的数次侵袭下，银杏树怎么不落一叶下来呢？按理说，在这个季节，落叶才是树木的常态。可银杏树的叶子，像相互约好了似的，没有一叶先期掉落。

然而，冷秋毕竟光临了银杏树。在一个无风的早上，满树的黄叶开始凋谢，一片一片的，它们绝不一拥而下，像是按照事先设置的程序：一片叶子，从树枝上飘然而落，紧跟着，又一片叶子，悠悠然然，落在草坪上，金灿灿如蜡染一样，华丽，静美。风轻树静，天蓝如洗，黄叶是那样的干净，让人禁不住屏息敛气，心里悄然盈满了沉静和从容，而对它的富丽和华贵，又禁不住生出敬仰之情。是啊，那落满一地的黄叶，和草坪上的绿相互交融，相互映照，一点也不觉得它凄凉和苍茫，相反，却有一种生命再生的壮美。其实这没什么好伤感的，凋零和复生本身就是生命统一的交响，随着一声断裂，一片黄叶离开了相伴一生的枝头，落向了轮回的大地，化成养分，再退还给银杏……

今年春天，一场雨后，天蓝如洗，树枝刚好鼓芽，我决定去看看春风中银杏的模样，那真是一番不一样的景观——春风吹响了轻快的舞曲，吹醒了大树的枝干，最早的一星嫩芽从干褐色的树枝上拱出，有些羞涩和胆怯，紧跟着，一根根枝条上便抽满了新芽。尽管空气中还零落着冬日残留的寒气，风也挟裹阵阵凉意，但春的讯息还是让万物复苏了。雨丝轻打着银杏的树干，夜露滋润着密集的枝条，就连小鸟的鸣叫也在树枝上划过，在那灵动、婉转的刹那，绿叶像嫁衣一样新鲜、别致，装扮了古老的银杏树——又一年开始了。

一样的飞花明月，一样的含蓄深远，一样的婉转细腻，一样的缠绵悱恻，树儿自由地生长，叶儿轻声地歌唱，我们居住在这样的环境里，和千年银杏相陪伴，真是三生有幸。

最后，我再补写一段我捡拾银杏果的小故事。

那是某年"十一"长假期间的一个清晨，我在草地上散步，兀然间，看到绿茵茵的草丛里，有无数颗金黄色的果子，不用多想就认出来了，这不是银杏果吗？没错，因昨夜一场不大不小的风，成熟的银杏树果开始掉落了，而且这么多。这是一棵不大的银杏树，和那数十棵两人合抱粗的百年老树肯定不是一个来路。但我从未见过老银杏树结果，这棵新树何时结果我也没有关注，直到果实落地我才发现。我找来一个塑料袋，把这些银杏果捡起来，居然装了整整一袋子。正欲满载而归时，一抬头，看到一个五六岁的小姑娘向我跑来，然后她站住了，看到我捡拾的银杏果，眨巴眨巴眼睛，又回头看看年轻的爸爸，突然哭了。我问她怎么啦？她爸爸代她说，昨天他们发现了这棵银杏树，还捡了几颗果子，说好今天早上再来找果子。看到银杏果都被我捡走了，小姑娘难过了。原来是这样，我也乐了，便把塑料袋给她。可小姑娘摇摇头不要，眼泪却流得更欢了。我说，要不这样，我分一半给你。她还是摇头。正在这时，"啪"，她脚前的草地上发出一点动静，一看，是刚落的一颗银杏果。她也看见了，立即捡起来，破涕为笑地大声说，爸爸，我捡到啦！我说，瞧瞧，树上还有很多呢，它会一颗一颗落下来的，明天早上还会落了一地，我们明天一起来捡，好吗？她点点头。

第二天我当然没有去。

不知为什么，这个太平常的小故事，让我一直记着，特别是小姑娘捡到银杏果时那惊喜的样子。

湖亭听水

湖中的小亭，是我常来坐坐的地方。

我喜欢这儿的环境，虽然是人造的，却有着自然之美。很可能是在这个小区形成之前就有这片小小的湖泊了吧，它的水并不浅，几丛菖蒲和几株荷花也可能是原有的野生品种，长相细瘦且随意地分布着。在菖蒲和荷花之间，也会冒冒失失地蹿出几棵芦椿和关草。我每每在小亭里静坐，对芦椿和关草就有一种亲切感。小时候割牛草，牛最喜欢芦椿草了，芦椿草甜，牛爱吃。至于关草，那可是编织蓑衣的好材料。

小亭在湖东侧，四面临水，有几个石墩和小亭相连，再有两三座相连而精致的小石拱桥曲了几个弯，通过石板小径与湖岸边的人工草坪相连。这个设计倒是有些想法，老人、孩子来亭中，可以在曲了几个弯的小桥上来来去去，年轻人可以从石墩上跳跃而来，跳跃而去，也可在小石拱桥上徘徊。

　　我是在国庆之后才搬来居住的，对这片不规则的湖泊和湖中小亭生着好感。特别是那天静夜，我从外边应酬回来，在小区里迷了路，沿着一条两边都是绿化带的小径绕圈圈，不觉就绕到了湖边。夜已深，湖边的地灯映照在湖面上，加上偶有人家窗口透出的灯火，便有一些迷幻的光影。湖中的小亭，我曾路过也去过，此时也是静静地被多重光影所笼罩。我到小亭里坐下，听到秋虫在鸣叫，还有湖里的小土蛙——"咕呱，咕呱"，真好听。可是，且慢，有一种更细密的声音传来，隐约的，不间断的，像古筝，又像月琴——是两三股声音的交错。声音挺婉约，挺明净，并没有打破夜静的意思，仿佛就是要和着这夜色，和着这微微的秋风，在遥远的地方响起，像是要拂去人们心头的尘埃，唤起封存的往事。嘿，这小土蛙有节奏的"咕呱"，居然也和了进来，形成了一种交响。听着这声音，人世间的纷繁，生活中的琐屑，全然不见了。我禁不

住想起汪曾祺的外祖父在自家南墙上，书一块匾额，上落
"无事此静坐"的额语。是啊，有心情能在"此"静坐，
那是一种怎样的享受呢？就连我也不能自禁了，全然沉浸
在自我里了。

寻着这美妙的音色，我要去看看。转念一想，这样好
吗？

沿着湖畔的石板小径走不多远，我就远远地望见了湖
对岸的夜色中那组影影绰绰的精巧的建筑了。我这才记起
来，那儿是湖中的假山，假山上蜿蜒着一条长廊，长廊又连
接着一个八角式的亭阁，假山下有一座石桥，桥下的流水和
另一块更小些的湖泊相通。假山四周，是数棵巨大的香樟
树，秀雅的长廊就在香樟树下，一直通到假山最顶端的亭阁
里。亭阁的一面，有石阶可下，直通到桥上，另一面便是陡
峭的"悬崖"，一条瀑布直挂而下，流水声就是从那儿响起
的。真的要佩服设计者，虽然是人工的小瀑布，却也要流出
几种情状来，流水的声响便错落有致了。我隔湖相望，也隔
湖倾听，越是离瀑布近，越能听出流水的层次来。但和在湖
亭听到的，已经是完全不一样的声音了。

果然不好。

我折身，欲重回湖亭，但心情亦已大变。

　　约两个月后，已经是寒冷的冬日了，参加完一个无聊的会议，便和好朋友相约吃大骨头汤。饭后回来，我还是从小区假山处通过（我发现从南门回家，从假山经过最近），从长廊过八角亭，下石阶途经石桥，可以领略湖岸夜景，如能熬得住冻，还可在亭中略坐，听听瀑布的涓涓细流声。但是今夜不凑巧，亭中已经有人，而且是两个相拥的恋人，他们并没有坐在美人靠上，而是相对站立着。我有点不好意思，怕惊扰了他们，便迅速从亭阁经过。那瀑布的流水声依然清晰，依然悦耳，像终日不息的乐曲，其时它不是在为我奏响，是在为这对恋人奏响。我并没有急于回家，而是沿着湖边的小径，绕到瀑布的对面。我想到湖亭中去看看，看看冬夜的湖景，听听没有虫鸣声和土蛙"咕呱"欢叫声的夜色中的水流声。可能今天真是个什么好日子，湖亭也被人占领了，亭中只有这一个人，静默地坐着。迷离的灯影中，我分不清那人是男是女。但，无论是谁，能有心情在此静坐，享受这夜声风色，静听远处的流水声，也是难得的雅趣。我在湖岸边伫立，星光和月光，夜影和灯影，还有我的思想，都溶入这湖水中了。

那片湖

屋里冷气太冷，肩膀被吹疼了，出去转转，晒晒太阳。

大街上的阳光是五月的阳光，确实很好。天很蓝，空气很清新，被冷气吹疼了的肩膀在五月的阳光下很舒服。想起二十世纪八十年代的一首诗，其中有这样的句子："你来人间一趟／你要看看太阳／和你的心上人／一起走在街上。"此时的心上人，就是我的影子。我跟着我的影子，走进城市楼群间的一条小巷，穿过小巷，又穿过小巷深处的宿舍区，从通往农展馆的小门进入了湖区。

我知道这里有片湖，还是在二十多年前，因为我一个朋友住在这一带。那年冬天，大年初二，我来北京玩，住在她家，就是农展馆南里的一幢楼里。朋友曾带我到这湖边，在冬阳下，沿湖走了数圈，说了些什么话，至今一句也记不得了。但她说她不想在北京了，想去国外看看，这个意思我还记得。后来，我们就没有联系了。能想起这片湖，偶尔想起它，自然地，也会想起那个朋友。

农展馆湖区的杨树特别高大，行走在树下的便道上，那些交叉的小径并没有扰乱我的记忆，我轻易就走到了湖边。沿着石阶而下，身边的假山上爬满了金银花的藤蔓，黄白两色花儿在湖风的吹拂下，正向我笑呢。我也朝团团簇簇的花儿笑了笑，接着便被眼前的湖景吸引住了。湖不小，比我印象（记忆）中的湖要大多了。湖有三个区域，分别被石拱桥和曲桥、廊亭所隔，三个湖区的湖水流动相通。我沿着湖边的栈道，边走边观赏着湖景。湖中有一簇一簇的芦苇，还有成片成片的菖蒲，在空旷的水域上面，漂浮着两三块竹筏，一块竹筏上卧着两只白鹅，一块竹筏上卧着一只绿头的野鸭。湖边的树很密、很杂，杨树、柳树都有，也有些低矮的灌木。正行走间，突然响起"啪啪啪"的声响，一只绿头野鸭从树丛里飞出来，从我头顶上空飞过，落进了湖中，溅起了一行亮亮的水花；紧跟着，另一只芦鸭也飞进了湖中。这突如其来的景象让我惊喜，鸭子宿在树上，我还是头一次亲眼见到，而且是在大都市的繁华区域。

带着这样的喜悦，继续前行，发现水里的植物也是经过精心布局的。先是叶子墨绿肥厚的睡莲，花儿开得正艳；睡莲下的湖水中，一群群鱼儿在游戏。接着是清新、俊朗的菖蒲和芦苇，单株亭亭，成片亦有风致。在临岸的湖水中，有两三只野鸭在悄无声息地寻觅着食物。它们并不着急，轻划着水，从从容容，旁若无人，不知不觉就游进了芦苇深处。待极目远看，一只大鸭子领着十几只小鸭子，正从疏疏密密的芦苇丛中游出来，大鸭子领头，小鸭们似乎并不省心，欢欢闹闹，东一只西一只，有两三只还把头扎进水里，撅着小屁股嬉闹。在远处的芦苇丛中，有两只黑色的水鸡，个头不大，其中一只，一头潜进水中，过了一会儿才从另一片水域冒出来。我看着它们，心生欢喜，用手机拍了几张照片。我和朋友第一次来的时候，是在大冬天，看不见这样的好风景。但她现在所在的意大利也有好风景，从她发在微信朋友圈里的照片上，能看到异域的风光也是挺好的。

沿湖走了一圈，边走边看，边看边拍。中午，在阳光的照射下，湖面波光粼粼，我的走湖也行将结束。在一片嫩绿的荷叶下，我又看到了那群鸭子，大鸭子和小鸭子们。我面向着湖水扩了扩胸，伸了伸腰，耸了耸肩，踢了踢腿，全身活动了一下，感觉这儿的一片水，以及水里这些寻常的植物和动物真好！我想把那些照片发几张给那个旅居意大利的朋友看看，让她看看这里的好。

秋　鸣

转眼立秋过了多日。又转眼，处暑都过了。我也要离开草房像素小区了。这个小区的名字有些奇怪。像素，有所特指还是有所暗指？我不知道。这似乎是一个摄影名词。但这确实是一个生活小区，至少也算是商住两用的小区。我从2012年10月开始，在像素北区和南区断断续续住了五六年（中间有一年多住在燕郊），对这里的环境已经很熟了，几家酒吧、几家咖啡店、几家健身房、几家好吃的特色小馆子，我闭着眼睛都能摸到。就是和像素一路之隔的非中心，我也非常熟悉了。非中心，这又是个怪异的名字。其实"非中心"和"像素"是一家，只不过非中心是纯粹的商务区而已，绿化面积占总面积一半以上，建筑也是各具特色。我在小说《猫眼》里，有过这样的描写："'非中心'的建筑都是不规则地分布在几个大块的区域里，区域和区域之间有弯弯曲曲的便道相连，楼与楼之间的花圃草坪里，也有更窄的小径互通。每幢楼都各有姿态，没有一幢相同的，有方的，有圆的，有菱形的，有三角形的，有长方形的，有平行四边形的，还有船形、靴形、球形和橄榄形，真是应有尽有。这些建筑的造型和分布，看似凌乱，实际上取的是中国书法的技法，肥瘦得当，乱石铺街，隔行通气。"几年来，我常来这里散步、慢跑、暴走，也会在这里的草坪上坐坐，吹吹夏日傍晚的凉风，看看秋夜的月色，晒晒冬天的太阳，也没有什么事要办，来了，心就静了，神就定了。

现在是八月末了，再过几天，我就要再次搬到燕郊，和这儿道声"再见"了，心里突然有点不舍，有点留恋。今天，即2019年8月27日，我在东三环长虹桥一带和朋友聚会、谈事，回来已是夜里九时许，出草房地铁口，感觉到秋风的爽朗和清冷，便沿着像素边的铁艺栅栏来到了非中心荷塘边的小广场上。没有月亮，便没有月色，但灯影从各处探来，有着月色一样的朦胧感——或许叫灯色更为妥帖吧。我寻一处长椅坐下了，心里说不出是惬意，还是伤感，抑或是介于惬意和伤感之间，总之有点复杂（还算不上五味杂陈）。我知道，这可能是最后一次来这里坐坐了，几天之后就要离开了，总会有些想法吧？想些什么呢？就这么坐坐也挺好。四周的风一溜一溜的，能感觉到风的轻拂。有人写过一篇小说《风声》，我不喜欢这名字。汪曾祺青年时期在上海，打算把自己的第一本小说集命名为《风色》，我喜欢。虽然这本小说集后来不了了之，但"风色"这两个字好啊，多有意味啊，我是记住了。月色我们能感知到；灯色，也会产生一些联想；这风色，是什么色呢？风过的水面上会荡漾起涟漪，此时我的心里也有一丝涟漪。当心里的涟漪渐渐消失、四周也渐渐安静的时候，虫声开始响起来了。

我无数次听过虫鸣。可今晚的虫鸣更为特别，似乎是在为我送行——声音好听，掺杂着凄切、悲切和急切，当然也有真切和亲切，在夜色、风色和灯色里，格外悦耳入心。实际上，虫子只是按照它自己的节奏在鸣叫，因距离的远近，声音也高低不同、长短不一，粗声细语有异，越听越能听出点意思来——

"啾，啾，啾……"

"叽叽，叽叽，叽叽……"

"喊喊喊，喊喊喊，喊喊喊……"

"嘀噢——嘀噢——嘀噢——"

    在虫声的交替声里，远处还有闷闷的"呱呱"声和"呜哇呜哇"声，更有一连串的"噜噜"声。我对虫子没有研究，更不知道哪种虫子发出的是什么样的声音。

    夜渐渐深了，虫鸣似乎更清晰了，而且有新的声音加入进来，有主有次的感觉，就像一支乐队，什么乐器响起，都是根据事先写好的曲谱。有一种声音在不远处的月牙形池塘里适时地响起了，起初我以为是蛙鸣，再听，不像，比蛙鸣更嘹亮、更粗鲁一些。我向着声音响起的池塘悄悄靠近。我看到池塘里满满的荷叶，还有对岸十来株高大的水蓼。我听出来了，声音是从池塘对岸响起的，就在水蓼的根部。这是什么虫子呢？它真会藏啊，躲在这些高大的水蓼下面。这排水蓼，几年前，我在一篇文章里写过，可能是人工培植的品种吧，有三米多高，此时长长的穗状花儿正低垂着，在灯色和风色里影影绰绰。我静静地站立一会儿，听了一会儿，看了一会儿——听虫鸣，看夜景灯色，说不上是什么心情。到了这会儿，虫鸣声又像是换了一个乐章，当然还是有主有次的。那疑似蛙鸣的声音，像是大提琴声，深沉、低缓，余音不绝，远处的虫鸣如小提琴的和声，小号似乎也响起来了……最让我心里一动的，是水蓼后边小山上的林子里响起的蝉鸣，先只一声，停顿片刻之后，才又连续地响起。秋蝉的鸣叫，听起来，总是有些悲切的。

我走到小广场的另一边，在一张条椅上重新坐下。条椅背后是另一个小土山，山上遍植各种乔木，藏在那里的秋虫声又是另一个乐章了。

初秋了，秋虫在鸣叫，我叫它秋鸣。

卷下
启门，轻风在侧

满目山河空念远

一

北宋熙宁七年（1074）八月一个阴霾晦暗的午后，名满天下的大学者苏轼在从杭州赶往密州（今山东诸城）途经海州（今江苏连云港）时，怀着崇敬的心情登上海州近郊的石棚山，此时苏东坡三十八岁，已经写出脍炙人口的名篇《范增论》《留侯论》《喜雨亭记》等。他盘桓于石棚山上，不仅是浏览风景名胜，消除旅途辛劳，也是在寻觅他景仰的另一位北宋学者石曼卿的孤独足迹和华彩文风。

石棚山离海州古城不远，仅一箭之遥，是一座不高的小山，面积也不大，它在云台山山脉的诸多奇峰秀谷中，一直默默无闻。当地文人学士看不上它，没有诗词歌赋来吟诵，它更没有排进名景之列，基本为世人所遗忘。但是山小自有其奇妙之处，山上有许多长相怪异的巨石，或嶙峋叠加，或交相错立，有的形成洞穴，有的形似怪兽，而且山间有细泉叮咚，山溪涓涓，有不少优雅可玩之处。更有好事者给那些怪岩顽石起个名称，什么"佛手岩""群龟探海""犀牛斗象""天蟾独跃""海豹望日""金猴拜山"等，有的虽然牵强附会，细看也还有那么点意思。山上更是杂树茵茵，桃李芬芳，崖岩上爬满青藤绿蔓。苏东坡流连于此，攀爬欣赏，他的脑海中想必已经浮现出三十多年前，石曼卿手握折扇，怀揣典籍或把酒畅饮的画面……

今天，我们只能推测苏东坡登山怀古的心情是不轻松的，他睹物怀人，遥想石曼卿，自然也想到比他早一代的欧阳修。欧阳修和石曼卿是至交好友，在《释秘演诗集序》里，欧阳修叙述了他和石曼卿的交友过程，同时也对时事做一番评价，为石氏的遭遇鸣不平。欧阳修是这样写石曼卿的：

曼卿为人，廓然有大志，时不能用其材，曼卿亦不屈以求合，无所放其意，往往从布衣野老，酣嬉淋漓，颠倒而不厌。予疑所谓伏而不见者，庶几狎而得之，故尝喜从曼卿游，欲因以阴求天下奇士。

北宋真宗景德（1004—1007）初年到北宋仁宗庆历（1041—1048）初年的四十年间，为北宋全盛时期，"国家臣一四海，休兵革，养息天下以无事者四十年"。欧阳修说，动乱的社会，给那些有才华的人以施展自己抱负的机会，使他们有了用武之地。而社会安定，对国家人民是好事，却使那些智谋杰出的贤豪之士无用武之地，他们只好隐居起来，"伏而不出"。他们往往是隐居在山林里的一些屠夫或商贩、一些柴夫俗民，深居简出，至死也不为世人所发现。欧阳修认为，石曼卿正是这样不为世人所知的贤能志士，他开朗豪放，胸怀大志，然而他的才华和本领却因得不到世人的重视而无法施展。石曼卿本人也不愿委曲求全，去迎合别人，因此他便同一些平民百姓饮酒作乐。关于石曼卿的豪饮，欧阳修的《归田录》中也有记载，曰："石曼卿磊落奇才，知名当世，气貌雄伟，饮酒过人。"并说他常同诗友"对饮终日，不交一言……非常人之量"。《默记》（中华书局，1981年9月）里也记录了石曼卿在海州饮酒的轶事一则，读来趣味盎然，其中有一句："我做得通判过否？"这句俏皮话，能读出多种含意，可见他酒酣而心不醉。

苏东坡能在前往密州的途中，不顾舟车劳顿，凭吊石曼卿游览读书之地石棚山，和欧阳修一样，一方面是敬慕他的才华和为人，另一方面，也是对自己当时烦扰的排遣。可以推测他当时的心境是何等复杂而悲愤，却又力不从心、无可奈何。相比苏东坡，欧阳修官至枢密副使、参知政事，不仅官大，更是名噪一时的文章领袖，《释秘演诗集序》和后来的《祭石曼卿文》等文章，苏东坡不可能不读，也不可能不知道传世的《石曼卿诗集》等。所以，我们就不难理解苏东坡能在盛夏之日，不顾旅途辛劳登临石棚山了。他后来还专门作了一首《和蔡景繁海州石室芙蓉仙人旧游》。诗曰：

芙蓉仙人旧游处，苍藤翠壁初无路。

戏将桃核裹黄泥，石间散掷如风雨。

坐令空山出锦绣，倚天照海花无数。

花间石室可容车，流苏宝盖窥灵宇。

何年霹雳起神物，玉棺飞出王乔墓。

当时醉卧动千日，至今石缝余糟醑。

仙人一去五十年，花老室空谁作主。

手植数松今偃盖，苍髯白甲低琼户。

我来取酒酹先生，后车仍载胡琴女。

一声冰铁散岩谷，海为澜翻松为舞。

尔来心赏复何人，持节中郎醉无伍。

独临断岸呼日出，红波碧巘相吞吐。

径寻我语觅余声，拄杖彭铿叩铜鼓。

长篇小字远相寄，一唱三叹神凄楚。

江风海雨入牙颊，似听石室胡琴语。

我今老病不出门，海山岩洞知何许。

门外桃花自开落，床头酒瓮生尘土。

前年开合放柳枝，今年洗心归佛祖。

梦中旧事时一笑，坐觉俯仰成今古。

愿君不用刻此诗，东海桑田真旦暮。

二

石曼卿名延年，生于北宋淳化五年（994），卒于康定二年（1041），只活了四十八岁。石曼卿诗文俱佳，怀才不遇又英年早逝。这在当时的官员和文士当中，引起了震动，特别是文人学士，对他的惋惜及怀念之情可想而知。石曼卿的祖籍在幽州（今北京一带），因契丹之乱，不得已而举家迁到宋城（今河南省商丘市），所以，许多典籍里称他为宋城人。石曼卿在海州做通判，其政绩和文事活动，志书上少有记载，但是从欧阳修、苏东坡等人的文章诗词和明代小说家冯梦龙编纂的《古今笑史》以及一些宋人笔记如《默记》《苕溪渔隐丛话》（人民出版社，1962年1月）等中，都可以看到有关石曼卿的文字。从石棚山上各代学士留下的摩崖石刻中，也可以大致了解石曼卿在海州的任职和活动。著名连云港地方文化研究者、作家彭云先生所著《海州乡谭》（江苏人民出版社，1988年12月）中有一篇《石棚山与石曼卿》，较详尽地考证了石曼卿在海州任职的前后和与朋友交往的经过。文章写道：

> 石曼卿在宋真宗时，先后任过知县、大理寺评事、大理寺丞等职。仁宗时，皇太后临朝执政，天下沸然，满朝文武噤若寒蝉。石曼卿挺身而出，冒着满门抄斩的危险，上书请太后还政于天子。正当山雨欲来之际，太后突然驾崩，石曼卿才免遭横祸。仁宗复位，对曾经支持他的人都论功行赏，石曼卿的好友范讽也因此荣升。石曼卿不屑这拾来的机遇而退避三舍。范讽认为他过于迂腐，要为他请功引荐，遭到了石曼卿的拒绝。

> ……范讽做京官时爱民如子，对于地方豪滑大户，时常治以峻法。后来皇上外放他去兖州做官，被仇人广南东路转运使庞籍参了一本，诬他低价卖官田移作私产，又诬他带走翰林院的白金数千两。皇帝下令叫范讽到南京候审，他不畏权势，竟然置圣旨于不顾，愤愤驰回兖州。后来虽查清并无不法之事，终因抗旨被贬。在此期间，

石曼卿为好友范讽说了几句公道话，也受到牵连，从京城贬到海州，做一个小小的通判。通判是知州的副手，还有监察当地官吏的职责，故又称监州。

……契丹占有黄河以南大片土地后，改国号为辽……北宋朝廷被此假象迷惑，乐于偏安，三十余年不问武事。到了石曼卿做官的时候，不仅辽国实力大增，西方的西夏王更是对中原虎视眈眈，随时都有爆发战争的可能。石曼卿上书皇帝，谈了他十条加强武备的建议，可惜未被采纳。

北宋景祐五年（1038），西夏王改称皇帝。……西夏每年对北宋都要发动一两次大规模的军事侵犯，常常把宋军打得大败。这时，皇帝才想起石曼卿的话，召见了他。石曼卿受命于危难之际，很短时间内，便在河北、山东、陕西等地组织起来几十万大军，开往前线抵御西夏。皇帝……准备重用（他）的时候，石曼卿却一病不起了。

彭云在《石棚山与石曼卿》一文里考证说，石曼卿官至太子中允、秘阁校理。秘阁校理是替皇家整理图书和校订史籍的，那时欧阳修正在馆阁中修《唐书》，因此石曼卿和他交往甚密。

但是，石曼卿在海州的这一段生活，并不愉快。他来海州属于被贬，官太小，只是一个小小的通判，这对于文章高手、诗人和书法大家石曼卿来说，实在算不得什么。地方上土财主可能不少，却没有什么诗文高手、书法名流和他交流、唱和。石曼卿这一段时期的生活应该十分苦闷吧。可以想见，他远离京城，远离繁华闹市，远离文朋旧友，相当于孤苦伶仃地来到海边小城，既不想理政，也无心创作，其心情大约是抑郁的、悲观的。好在他毕竟有文人情怀，在处理完简单的日常事务或在闲暇之余，也会出城散散心，想想事，或带几本杂书，或抱一架古琴，从海州东门或南门，步行来到石棚山。这段路不远，属于山地，不算平坦也不算难走，沿途自然是庄稼葱茏、草木繁盛了，也会有农人耕种其间。石曼卿走走停停，看看玩玩，文雅点的说法叫欣赏田园风光，这样便来到山脚之下。石棚山不高，腰一弓，一口气就上去了。他顺着崎岖山道攀爬，忽至一块招头崖下。站在这里极目远眺，古朐山像翠屏一样近在眼前，山景如画，美丽多姿；山上云雾缥缈，绿树繁盛；阳光滑过山脊，洒满山川谷地，令人神清气爽，心旷神怡。石曼卿这时会如入仙境，忘记所有的烦恼和忧伤，或闲读，或作诗，或仰天啸嗷，或饮酒弹琴，一腔抱负和忧国忧民之心被美酒溶化或随着琴声飘向远方。暮色将至的时候，他才怀揣诗书，带着微醺，返回城中。而更多的时候，是醉成一摊泥，被人架扶着回到家里。

石曼卿在石棚山上读书、作诗、弹琴、饮酒，自娱自乐，看似潇洒，实际上是对时事的不满和愤慨。所以欧阳修一眼看穿他，说他"廓然有大志，时人不能用其材"，因而才"从布衣野老，酣嬉淋漓，颠倒而不厌"。还说"曼卿隐于酒"，"极饮大醉"。在《石曼卿墓表》中，欧阳修再次说他"视世俗屑屑无足动其意者。自顾不合于时，乃一混以酒。然好剧饮大醉，颓然自放"。这基本上是他在海州的常态了。但他在石棚山上，趁着酒意和诗兴，也干过好事——植树。他带着随从，或动员三五个乡民，把桃核包裹上湿泥，满山乱扔，待到来年春天，桃核便在岩石缝里生根发芽，几年后，桃树满山，花开满枝，引来蜂蝶穿梭其间了。这虽是传说，却符合石曼卿的行事风格。

石曼卿在海州石棚山读书、饮酒、植树、弹琴在乡民们的口中流传深远。多年后，地方上的文人雅士便在当年石曼卿读书、休憩的招头崖上，刻下"石曼卿读书处"六个擘窠汉隶。该读书处已被许多典籍记载，颇有影响的《中国读书大辞典》（南京大学出版社，1993年5月）也收录了该条目。"石曼卿读书处"字高二尺，为明代人所书，有人说是出自廖眙之手，无可考证。另外在读书处附近的岩石上也有不少字体较小的石刻，因石质疏松，大多因风蚀而斑驳，难以辨认，只有明末清初山阴人戴易（南枝）所作的两首绝句还勉强可读：

一片寒云覆石棚，空岩花草孰知名？
何当自有山川后，千古唯闻石曼卿。

海上青山似旧时，春来何日更花枝。
东风二月江南客，谁共题君坠泪碑。

三

石曼卿死后葬于河南省永城县太清乡。在他去世二十六年后，即宋英宗治平四年（1067），石曼卿的荒冢迎来一位京城官员，他就是当时著名的文学大家、石曼卿生前至交好友欧阳修派来的尚书都省令吏李扬，专门呈送祭文于石曼卿墓前的。这篇文章，就是名存后世的《祭石曼卿文》。该文感情浓挚，情调哀凄。欧阳修能在石曼卿去世二十六年后用此特殊的方式来告慰亡友的在天之灵，可见石曼卿在欧修心目中的地位了——

呜呼曼卿！生而为英，死而为灵。其同乎万物生死，而复归于无物者，暂聚之形；不与万物共尽，而卓然其不朽者，后世之名。此自古圣贤，莫不皆然。而著在简册者，昭如日星。

呜呼曼卿！吾不见子久矣，犹能仿佛子之平生。其轩昂磊落，突兀峥嵘，而埋藏于地下者，意其不化为朽壤，而为金玉之精。不然，生长松之千尺，产灵芝而九茎。奈何荒烟野蔓，荆棘纵

横，风凄露下，走磷飞萤，但见牧童樵叟，歌吟
而上下，与夫惊禽骇兽，悲鸣踯躅而咿嘤？今固
如此，更千秋而万岁兮，安知其不穴藏狐貉与鼯
鼪？此自古圣贤亦皆然兮，独不见夫累累乎旷野
与荒城？

　　呜呼曼卿！盛衰之理，吾固知其如此。而感
念畴昔，悲凉凄怆，不觉临风而陨涕者，有愧乎
太上之忘情。尚飨！

　　欧阳修写作此文时，已经六十多岁了，正当被贬至亳
州之后。欧阳修不但称颂了石曼卿的盖世英才和不朽名
声，抒发了对故人的至深怀念，而且也表达了人生悲凉的
情感。欧阳修面对自己的实际处境，触景生情，言未出而
泪先下，三呼曼卿，情真意切，跌宕回肠。祭文中，欧阳
修推崇石曼卿的才能，十分痛惜他的早逝，二十六年过去
了，仍然依稀记得朋友的音容笑貌。欧阳修在深切怀念之
后，想到石曼卿这样仪态轩昂、胸怀磊落又极富才能的
人，理应变作金玉中的精华，未承想却空怀大志，终被埋
没，即使死后，坟头上也没能长出千尺之松，生出九茎之

灵芝。此情此景，多么令人可悲可叹啊！

石曼卿在海州的几年，正是他仕途潦倒、情绪低落、失意悲观的几年。欧阳修对石曼卿的一生可谓了如指掌，对他在海边小城几近流放的人生境遇可谓同情有加又爱莫能助，在他被贬往亳州之时，写此祭文，我们是否可以看到他另外的心境呢？也许不仅仅是触景生情，也许不仅仅是抒发对亡友的怀念，其间，也有对自己处境的感叹，把石曼卿当成了自己的镜子。

七年之后，即熙宁七年（1074）八月，北宋另一位才高盖世的大学士苏轼取道海州，在石曼卿煮酒抚琴的地方，遥望沧海茫茫，遥望青山含黛，他的心情大概和欧阳修一脉相通吧？苏东坡一生文采大气，佳作天成，诗、词、文、赋均达到了当时的顶峰，这与他的为人、秉性、气质密不可分，同时也得益于他跌宕多舛的仕途经历。他历经坎坷，屡进屡退，受新旧各党打击、迫害，但他不入浊流，孤傲难羁，表现了一个读书人的高贵品质。他取道海州并逗留数日，登临石棚山，寻访石曼卿的遗韵，一方面是倾慕他的刚正不阿，另一方面也是仰慕他的学富才高。苏子瞻也许和欧阳修著《祭石曼卿文》时的心情一样，绝不是偶然的探访。至于他只在《和蔡景繁海州石室》一诗中记叙了石曼卿在海州石棚山的植桃轶事，而没有另作一篇祭石曼卿的文赋，这或许和当时的社会大环境有关。北宋熙宁年间，王安石主持变法，朝廷内部政治斗争十分激烈，苏东坡关于改革的具体想法和王安石的大相径庭，他多次上书陈述己见，却得不到神宗的采纳，于是干脆要求调离京城做地方官。所以不难看出他登临石棚山，缅怀一代英才石曼卿而没有留下文赋，与他的斗争策略是有关系的。

现在的石棚山，和石曼卿时代的石棚石没有多少变化，每年三月天，满山桃花依旧灿若烟霞。略有不同的是，山下绕着石棚山建了一座水库，这不但没有破坏石棚山的美景，还因水清天蓝，给石棚山平添几分灵气。

彩衣堂漫笔

常熟翁家，我早就从各种典籍里略知一二了。和我们连云港有关的一位叫翁咸封，在海州（属连云港）做学正，著有《潜虚文钞》四卷、《诗钞》三卷、《制义》一卷，还力主修编了《嘉庆直隶海州志》（担任分修），为我们连云港文教事业做过贡献。特别是他在海州创办的石室书院，为海州培养了不少贤达之士，形成了良好的读风气。他的儿子翁心存出生在海州，从小随父侍读，受到良好的熏陶，求学顺利，科考得意，于道光壬午（1822）中进士。翁心存后来在常熟主讲游文书院，他十五岁的儿子翁同龢也在游文书院读书，而且那时翁同龢的书法和文章就出类拔萃。从这一点来看，翁心存当年在海州，大约也少不了在石室书院里苦读。常熟翁家是官宦世家，而从翁心存开始，翁家又成为江南著名的文化世家，几代人在京城和常熟地方上都有大影响，名声更是远播天下，有"父子宰相，同为帝师；叔侄联魁，状元及第；三子公卿，四世翰苑"之美誉。多年以来，我一直想瞻仰一下翁家故园的风采，却无适合的机缘。直到2011年深秋，我才因事在鱼米之乡的江南常熟做短暂的逗留，在旧宅弄巷里寻寻觅觅，找到了隐藏于小巷深处的翁同龢纪念馆。

我来时不巧，正落着潇潇的秋雨。雨丝实在太细密了，所谓的牛毛雨大体就是这样的吧。因没带雨伞，头发上、脸上都是湿漉漉的，衣服上也沾了太多的水汽，感觉全世界都是潮湿的，还有一点阴冷的感觉。我从南门一带的跨塘桥进入一条弯曲的小巷，见人就问：翁同龢故居在哪？有人朝前一指，说，往前走；有人摇摇头，表示不知道；有人热情指点，说怎么走怎么走。七拐八拐，穿过几条窄窄的陈旧的小巷，侧身一望，到了。入口处虽不气派，却考究、庄重，门框是麻石的，"洗"得很平整。我购了票，进了翁家的旧居。翁家是个大宅，有六七进的院子。我先在轿厅里张望几眼，看了看房屋的结构，看了看文字说明，便来到了彩衣堂。此宅原为别人家的旧宅，后被翁心存购得，供母亲养老，将堂名题为"彩衣堂"。

"彩衣"一典，出自《二十四孝图》老莱子彩衣娱亲的故事。历经百余年，彩衣堂风采依旧，堂里的前柱有一副对联，内容和书法均出自文史学家钱仲联之手。原来，钱仲联是翁同龢二姐之孙，联曰：

一代完人，风烟乔木长留，忧国当初，谣诼
到蛾眉，零雨东归龙阙变；

九州硕望，日月新天临照，升堂此际，精灵
通肸蠁，大云西仰鸽峰高。

这副联里有不少生僻的字词，大约用典不少。经请教，方知道，"谣诼"，指谣言。"肸蠁"，音"息饷"。肸，即羊舌肸，姬姓，羊舌氏，名肸，字叔向，春秋时晋国公室，初为外交官员，后担任太子傅，太子即位后担任太傅。为人耿直，被孔子赞为"古之遗直也"。肸与齐相晏子相会时曾预言"公室将卑，其宗族枝叶先落，则公室从之"。意思是他预料晋室腐败必亡，自己甘愿随之。蟋，蟋虫，也称知声虫。肸蟋，暗喻翁同龢预见清室倒台而甘愿随之。彩衣堂高大敞亮、富丽堂皇，梁、檩、枋上，有许多幅彩绘，题材多样，制作十分精美。这些彩绘，采用的是宋锦几何纹饰及袱子形式，烦琐复杂，纹饰丰富，有四出纹、六出纹、龟背纹、金锭纹、玛瑙纹、琐纹、簟纹等多种组合，细数一下，不下十种，整齐划一，细致鲜活，不仅继承了中国彩绘艺术的传统，还有创新。比如"瑞鹤祥云"的造型运用于建筑纹饰，据说就是彩衣堂的独特创意。众所周知，鹤是长寿鸟，又是一品鸟。《清史稿》关于官服的记述中，对品级官服的纹饰有明确的规定，文一品的"补服前后绣鹤"，就是其一。在彩衣堂最显眼的区域，主题纹饰是由波状弧线连缀祥云，做旋状舒展的，有两只鹤在左右两侧展翅飞翔，整个图案一气呵成，特别精美。另外还有"狮子滚绣球""莲池鸳鸯""松鹤延年""喜鹊登梅"等题材的装饰，形成了一个富丽堂皇的彩绘整体。

彩衣堂东侧便是有名的"知止斋"了，此二层小楼原来是翁心存的书斋。斋名取自老子"知止不辱，知止不殆，可以长久"之意。这幢紧凑的小楼和对面的"玉兰轩"，构成一个独立的院落。玉兰轩实际是一座客厅，翁心存常在轩内与本埠的文人雅士和外来的宾朋好友吟诗作对、赏书品画。彩衣堂后面是"后堂楼"，木结构，分上下两层，原为翁氏女眷居住之处。现在，楼下是专门介绍翁同龢生平事迹的专室，楼上是翁氏一门书法艺术的陈列之处。在楼下大厅里，有一尊翁同龢全身青铜雕像，但见他身穿长袍，外罩马褂，挟一本本子（或书），长须飘然垂胸，面容憔悴，神情忧郁，不是我们想象的精神饱满，其造型，应该是他晚年归常后的模样了。从后堂楼出来，又陆续去了翁同龢读书处"晋阳书屋"，还去了"柏古轩""双桂轩"等轩室看看。由于早已经知道翁氏一门的官位和学问，并未有多少惊异之感，倒有些"旧时王谢"的感叹。

这次参观有点意兴阑珊、走马观花的意思。一来是天气原因，若有若无的小雨给本就寂寥的心徒增了些许阴冷的愁绪；二是上午的工作没有办好，加上孤身一人，有点提不起精神头。从翁同龢纪念馆出来，我在小巷里找了家小馆子，炒了两个小菜，喝了一瓶黄酒，微醺。回宾馆随意翻几页书，躺在床上想起常熟的人文传承，自然就想到了当代的作家朋友。最早熟悉的是金曾豪先生，我们多年来作为同一个组织的理事，偶尔会在会议上或餐厅里相遇，但只是点头打个招呼，没有深谈过。俞小红先生也是相熟的，我们曾在某地一同参加过副刊好稿评比一类的会议，我只在会上露个面就因事先走了，后来听朋友说，他打听过我，夸我小说写得不错。还知道小说家潘吉和诗人王晓明等几位先生。想想为什么没有找他们小聚呢？可能是觉得自己来常熟并非为了文艺之事，不便打搅吧。想到这里，觉得不惊动他们是对的。之前多次来常熟，并没有迫切想见他们，只不过这次参观翁氏故居，可能因为翁氏一门大都是文人吧，才想到常熟的文人。如果以后有机缘再来，或许再去翁同龢纪念馆看看时，就有几位常熟的文友陪同了。这样想着，便美美地睡了一觉。

不久后，到南京参加一个文学活动，巧遇诗人子川先生，相聊甚欢。他送我一把他书写的折扇，内容是他自己的一首七律，我们便由书法聊到了古典诗词，顺着这个话路，聊着聊着就聊到了常熟。我说常熟嘛，去过几次，印象不错。他问我找谁玩的。我说谁都没找，办完事就回了。接着我又多说一句，你有好朋友可介绍我认识认识。

子川当即就给王晓明打了电话，说了我的情况，说我常去常熟出差，如果再去，可以聚聚。王晓明表示热情欢迎。晓明兄有可能是客套话，我却当了真，来年春天，我果真去了常熟，见到了心仪已久的王晓明先生，在他的操办下，见到了俞小红、潘吉、葛丽萍诸友，再后来又新交了皇甫卫明、陈琪、浦仲诚、浦君芝等文友，朋友圈一下子红火了起来。

接下来我到北京帮朋友做图书出版的策划工作，有更多机会来常熟了，因为这里有许多优秀的作家、诗人。每次来常熟，除了约稿、谈书外，都会在常熟作家朋友的陪伴下，至少去看一处景点，虞山、尚湖、兴福寺、沙家浜、南湖、方塔、铁琴铜剑楼，还有钱谦益、柳如士墓，等等。当然也少不了去翁同龢故居了，不是一次，而是多次，还结识了翁同龢纪念馆馆长王忠良先生。王先生不愧是"翁学"的专家，在他的讲解下，我对翁同龢有了更多的了解，特别是翁氏后人把翁同龢旧藏的许多珍贵书籍和字画碑帖捐给了几家图书馆的义举，不禁让人唏嘘感怀。据说，直到2000年，还有一批珍贵图书入藏了上海图书馆。这批藏书中，就有曾被认为已经失传了的宋刻本《注东坡先生诗》，书上有翁氏题跋，他说自己"于叶润臣家得见嘉泰本《施顾注苏诗》"，叹为观止。"一日坐殿庐中，桂侍郎以怡邸残书见视，忽睹此本，以二十金购之。前后缺八卷。此虽景定补本，然字画清劲，粲若明珠，恐人间无复数本矣。同治十年（1871）伏日早退，题于东华门酒家。"读此题跋，可以感受到翁氏得此书时的喜悦之情。王先生还透露，翁同龢还亲抄一本《翁同龢归籍清单》，记录了翁氏当年开缺回常熟定居时，带回来的物件清册目录。这份清单有他所藏的历代名家的书画珍品和多种善本书籍及稀见碑帖，还述及他的许多珍贵书画和典籍的入藏经过，特别珍贵。

说来也巧，我参与策划的、山东人民出版社编辑出版的一套十大卷本的"中国近现代历史名人轶事集成"丛书里，有一卷《翁同龢卷》。该书需要一位压得住阵脚的名人担任主编。经编委会商议，决定由我去请连云港大乡贤白化文先生担任，由我来撰写此书的序言。在撰写中，我重读了《翁同龢卷》。正如我在序言中所说："所谓'轶事'，是指'正史'之外各类野史笔记、稗乘杂史、家史家书和名人书信中有关历史人物的事迹。而历朝历代，都有一些文人对其加以搜集整理，有的学者更有浓厚兴趣对其进行研究、撰述，给这类轶事构建了进一步传播的路径，也为'正史'研究者拓展了视野。"《翁同龢卷》里的几十条关于翁氏的轶事，就是这样得来的。展读这些轶事，有的让人会心，有的十分有趣。比如《宰相合肥司农常熟》曰："翁叔平相国同龢长户部时，某年，适田谷不登，而李文忠公鸿章方以直督遥领文华殿大学士，为节相。有人撰联云：'宰相合肥天下瘦，司农常熟世间荒。'盖李籍合肥，翁籍常熟也。"再如《善于辞令》曰："翁在毓庆宫行走时，光绪每日必食鸡子四枚。而御膳房开价至三十四两，光绪因举以为问曰：'此种贵物，师傅亦尝食否？'翁对曰：'臣家中或遇祭祀大典，偶一用之，否则不敢也。'闻者咸服其善于辞令。"这些轶事，大多没有恶意，有的还对理解翁氏思想有益。

如前所述，翁同龢祖父翁咸封曾在海州做官，一家子在海州大约过了不少穷日子。很多年之后，即光绪十一年（1885），翁同龢的同僚、一起担任帝师的孙家鼐送给他一碗菜糊涂尝新鲜，翁同龢面对这碗菜糊涂，写下了《咏菜糊涂》三首，其一云："再拜惊呼麦一盂，老来才识菜糊涂。海州学舍斋厨味，柔滑香甘似此无？"当年其祖父翁咸封在海州，菜糊涂可是家常便饭啊！跟随翁咸封在海州长大的翁心存吃过这种菜糊涂，少不了也会跟翁同龢讲讲，翁同龢当然只听其名不知其味了。此番能喝一盂菜糊涂，虽不是山珍海味，也是"柔滑香甘"的。

2017年夏，在常熟参加一个活动，我和李惊涛、张亦辉诸友在王晓明、王忠良等人的陪同下又去翁同龢故居看看。在故居的西侧，又添了新的"景点"，多了一个跨院，跨院北面的几间正房，和翁氏故居很搭，南半部的园林里，太湖石堆砌的假山既灵秀又壮观。据王忠良介绍，这原本不是翁家的旧宅，因此建筑亦有古意，且是清朝遗物，假山、园林特别有特色，便花大价钱买了下来，改造成现在的景点，丰富了游人的参观。

先蚕祠随想

　　盛泽这一座江南水乡古镇，和苏州、杭州、湖州这三座城市并称为"四大绸都"。

　　能称"都"、敢称"都"的地方，不仅要有气派和胆量，经济体量、城市体量等各方面体量还要足够大。盛泽从行政区划来说，不过是一个镇，和苏、杭、湖能够并列，必有独到之处——盛泽丝绸的产量和质量，丝毫不亚于另三大"绸都"。《盛泽概述》里说："这里栽桑养蚕、织云绣锦，交织着锦绣江南的丰饶与繁华；这里丝贾辐辏，绸商云集，演绎着纺织名镇的绚丽与厚泽。史实记载，'四海九州之帛皆来取……天下衣被资之盛泽小镇'。"这些文字并非虚夸，从古至今，在文人墨客们的诗文的颂扬下，盛泽丝绸及纺织业的名声已经远播海内外了。当我们参观恒力集团、丝绸市场等和丝绸相关的企业和产品时，已经深深地感受到"绸都"的魅力了，也禁不住要写篇随笔或诗赋什么的，又苦于找不到适合的切入点。就是在这样的心情下，我们一行来到了先蚕祠。在游览先蚕祠，参观先蚕祠里的吴江丝绸博物馆时，更加确认了之前的想法，即盛泽能有今天的名声和产业以及庞大的经济体量，其人文历史的基因和关于丝绸的诗词歌赋发挥了重要作用。

参观先蚕祠是在下午。盛泽老街上的市井风光倒是和一般的江南水乡古镇没有什么大不同，粉墙黛瓦，小桥流水。先蚕祠就隐藏在普通街巷的一隅，灰色的砖木结构，有气派的门楼，穿堂进入是一个院子，院左侧另有一个跨院。从月门能望见跨院里探出的芭蕉绿叶和一道沿廊，便先行进了跨院——原是一个小型的园林：南侧有假山和一丛芭蕉，中有荷花池，池上蜿蜒着一座几块条石随意搭建的石板桥；池侧和廊沿相连着一座半亭；长廊的墙壁上嵌着碑刻，历代名人诗词勒石与此。我和著名文学评论家孟繁华先生、小说家潘吉先生结伴，在小园里走走、停停、看看，闲聊几句石桥、假山和池里的观赏鱼，在半亭里望望隔壁大殿的飞檐，欣赏几眼廊中墙上的碑刻，走马观花一过，又从另一廊门重新来到东边的先蚕祠主院，进入正殿。正殿巨型匾额旁边的楹联大约是新拟的词，曰："先蚕遗教抽丝剥茧扬盛湖风范；后叶沐恩绣锦织云擅吴越声名"。从正殿出来，一抬头，隔着庭院，看到前厅和过门相连的戏台，便惊讶于刚才从此戏台下穿过时竟没有看到。戏台显然是后建的，比常见的古戏台大了不少，木结构，崭新的油漆。这应该就是每年小满戏时的主戏台了。

小满是农事节气。这一天，蚕农辛苦一季后，蚕茧已经收成到手，接下来就开始更为繁忙的缲丝了。《清嘉录》对小满期间的江南农事有记载，曰："小满动三车，谓丝车、油车、田车也。"又说："小满乍来，蚕妇煮茧，治车缲丝，昼夜操作。"可见其繁忙程度了。但是忙中偷闲作乐，也是必需的——正好在小满前后有三五天的闲日子，蚕民们就利用这难得的几天时间，在村坊间、河埠头，请来小戏班子搭台唱戏，连唱三天。这三天，俗称"小满戏"，相当于一个小型的戏剧节，有地方小戏，有昆曲，有京戏。哪里有小满戏，附近村埠的大人孩子就奔走相告，汇聚而来，大家欢欢喜喜热闹几天，才带着娱悦、快乐的心情投入繁忙的缫丝织锦当中。我们所见的先蚕祠里的戏台，古已有之，猜想，应该比村坊间和河埠头的要高级了许多吧，因为是行业公会专门为小满戏而搭建的，演出更为正规了些，连所演节目和戏词，都要事先审查，当然更是盛况空前了。晚清有沈云的一首《盛湖竹枝词》，描述了小满戏的热闹："先蚕庙里剧登场，男释耕耘女罢桑。只为今朝逢小满，万人空巷斗新妆。"

参观了小满戏台，我们又参观了另一侧的碑廊。这里全是诗碑，刻有宋、元、清及近代咏蚕诗二三十首，我们细细辨认，一首首读下来，仿佛欣赏了一次关于盛泽，关于丝绸和桑蚕的高规格的文学大戏。计有宋人叶茵的《蚕》，诗云："壁间吟不待秋时，吟苦中宵动客悲。劝汝不须催妇织，家家五月卖新丝。"明末周灿的《盛泽》，诗云："吴越分歧处，青林接远村。水乡成一市，罗绮走中原。尚利民风薄，多金商贾尊。人家勤织作，机杼彻晨昏。"最欣喜的还是看到现代文学家、老派文人范烟桥的《盛湖竹枝词》："越绮吴绫最擅长，年年估船走重洋。香山卷倘鸡林购，纸贵何曾限洛阳。"这些不过是历代文人墨客所作的咏蚕诗中极小的一部分。大量的诗词文赋散落在不同的文集、诗集中，很大一部分被《盛湖志》收录。如果有人专门辑录成册，倒是可以一睹多年来盛湖蚕丝绸布的兴旺历程了。

先蚕祠的西厢房，是吴江丝绸陈列馆，馆中藏有一枚1910年意大利都灵博览会最优等奖牌的印模，是二十世纪二三十年代盛泽商会会长赠送的。当年盛泽的各丝绸商号和绸业公会都会组织、选送上好的丝绸参加全国和世界各地的博览会，获奖无数。如1915年在美国旧金山举办的"巴拿马太平洋万国博览会"上，汪永亨绸行选送的盛泽纺就获得了荣誉奖，张益源绸行的纺绸手帕获金牌奖，广昌成绸行的格子花纺和升记绸行的白纺绸获得银牌奖。1926年由汪鞠如选送的盛泽绸样在费城世界博览会上又获大奖。这些奖项，和文人墨客的诗赋一样，进一步加强了盛泽丝绸在世界范围内的影响力，也奠定并巩固了盛泽"绸都"的地位。在参观临近结束时，我又返身回到碑廊，拍了数张照片。我想，大量关于蚕丝织绵的诗词文赋，让盛泽的丝绸名声远扬，四海皆知，我或许也会有一篇小文，为已经名声在外的盛泽丝绸做些微的工作。

盛泽优质的绸缎产品所带来的丰厚利润，兴旺了盛泽的书院，培养了大量的墨客文人。同时，盛泽的书院文化，也为盛泽丝绸的繁荣和发展贡献多多。栋宇沉沉会馆多，承平商货万千罗。由此，我们知道了，盛泽能把丝绸做大做强，成为四大绸都之一，是有其原因的。

意杨树下

鸟

那只鸟，在意杨林的枝条上跳跃。

我不认识那只鸟，它不是白头翁，也不是啄木鸟，个头比麻雀大，比喜鹊小，羽毛大部分是黑色的，脖子处有一圈金色的毛。它体态很轻盈，我看到它时，正是早上，意杨树翠绿的叶子上现出光影。鸟很惬意，它把意杨树柔软的枝条当成它散步的小径了，优雅地从这根枝条跳到那根枝条。

泗阳的意杨独步天下，走在泗阳的道路上，仿佛走在森林里。林子大了，生态好了，什么鸟都来了，居然有我不认识的鸟，因此，我对这只鸟格外关注。我看着它散步，看着它跳跃。我觉得它应该歌唱了，它果然就歌唱了起来。它的歌声我也听不懂，听不懂不要紧，好听就行了。

谁承想，一鸟引来百鸟鸣，各种鸟叫声，就像一支乐队，在四月的意杨林里抒情地演奏。这时候，我才发现，枝叶间，藏身许许多多种鸟。

"最好声音最好听，似调歌舌最叮咛。高枝抛过低枝立，金羽修眉墨染翎。"走在意杨林里，穿行于绿树丛中，那些体态优美、羽色艳丽、鸣声婉转、风姿绰约的鸟无不伴随着我们，涤荡我们的心灵，洗净我们的思想，唤醒我们内心的纯真……

水

意杨林里，隐藏着一条条河流，这该是"泗水"的遗韵吧。长长短短、宽宽窄窄的河水，是林子的一根根脉络，它们给林子送去血液，林子也给它们注入甘露。林子和河水相依相偎，融为一体。

这些河水是活的、清的、流动的，有的河里，还有驳船经过。

那时候还有帆船，白帆，一片片的，远看很美，近看，帆上补了许多补丁，颜色也深浅不一，历经许多风雨。船上的人洗衣淘米，在两船相会而过时，也大声地说着什么，问一些家长里短的事。他们操一口好听的泗阳口音，在我们听来，已经是很陌生、很遥远了。我们在河边追着白帆看，听他们说笑，学着他们说话。有一次，我们捡一把黄豆秧，捉几只草婆，跟船上的人要火柴烧黄豆吃。一个汉子正在船头喝酒，他把火柴扔给我们，说，上来剋一杯啊？我们只说剋架，没听说酒也能剋。于是，我们学会了剋一杯，学会了剋饭。

一干友人在意杨林里走，在河边走，河岸有茂盛的水草，河里倒映着意杨高大的影子，有野鸭和水鸟跟着我们跑。其时正是黄昏，河水泛着淡金色。

意杨林里的河水长流不息。其中有一条河，流经我的家乡，我们在河里游泳，我们在河里捞鱼摸虾。

花

　　四月的意杨林里，杂草和野花随处可见，金黄色的蒲公英花，满天星似的荠菜花，还有七七芽粉红色的球状花蕾，等等，这些不知名的野花，并没有因为名气低而缩手缩脚，照样争奇斗艳，竞相开放。同行的友人掐了一朵小花，水红色，呈喇叭状，他们不认识。我一眼就认出这是附秧。《海州方言》上写作"附秧"，学名小旋花。

　　附秧不是草。附秧是菜，野菜。附秧和别的野菜不一样，它蔓生在杂草里，把杂草当作它攀爬的梯子（所以我觉得叫"附秧"更合适些）。早春的风吹过了，到了四月末，它在腋丫里开着水红色的小喇叭花，得意扬扬的，仿佛是野菜中的仙女，轻悄悄地唱着春天的歌。

　　附秧的根，我们叫附子，能扎进很深的土里，白色，长尺许，可以生吃，也可以煮熟了吃。生吃面面的，甜中带着麻涩感，味道特别，不算好吃；煮熟了吃，则只有麻和涩了，连甜味都没有。一般人家，非到揭不开锅，是不吃它的。倒是附秧的嫩苗，可以煮咸饭，也可以炒成菜，还可以用开水烫一下，凉拌。凉拌风味足，一股子土腥气，很鲜。

　　意杨林里的附秧，和别的野花一样，并没有缺少光照而显得枯瘦，依然是蓬蓬的，充满生机，花也开得旺盛，一簇簇，一片片。当地的朋友介绍说，政府正号召群众，开发林中资源，搞生态的、立体的经营。那么，如此美丽的野花，也许是一种启示吧。

南新街58号

　　"设若你的幻想中有个中古的老城，有睡着了的大城楼，有狭窄的古石路，有宽厚的石城墙，环城流着一道清溪，倒映着山影，岸上蹲着红袍绿裤的小妞儿。你的幻想中要是这么个境界，那便是济南。设若你幻想不出——许多人是不会幻想的——请到济南来看看吧。"这是老舍笔下的《济南的秋天》。在《吊济南》里，他更是抒情地写道："济南的美丽来自天然，山在城南，湖在城北。湖山而外，还有七十二泉，泉水成溪，穿城绕郭。……在我写《大明湖》的时候，就写过一段：在千佛山上北望济南全城，城河带柳，远水生烟，鹊华对立，夹卫大河，是何等气象。"

济南在老舍的笔下，无疑是美的。

济南我去过多次了，也在此处醉过多次——济南的朋友好客，做出版的，做杂志的，还有许多写作的文友，似乎都是大酒量，规矩也多，主陪领三杯，副陪领两杯，三陪、四陪各领一杯，七杯过后，还有规矩，我等不到发言就晕了，不是当场唱歌，就是扶墙走了，而且有几次，是墙走我退，怎么回宾馆的，完全没有了记忆，接下来的一两天都处在半醉半醒的状态，为此，耽误了不少事。这次去看老舍旧居，还要写一篇关于老舍在济南的文章，必须躲酒，保持清醒的状态。所以，我只身拎包，悄悄潜入了济南，只和在济南的同行汤汤透露了此次行程。汤汤叫汤艳铃，在济南开文化公司，由她领路，我们直接来到位于南新街58号的老舍旧居。

南新街是一条小街，实际上是一条稍大点的巷子，特别安静。老舍旧居就在巷尾，是一个经过改造的小院子。旧居的门边墙上，有一块大理石匾额，四面镶砖，刻着"老舍旧居"四个仿宋字。从文字说明中可知老舍旧居是山东省第三批文物保护单位。从门楼穿过过道，迎面是青砖的"迎壁"。院子较从前有所扩建，仿当年模样进行了恢复，石榴树、养荷花的大缸、古水井等都在，还另塑了一尊老舍的半身雕像。院子里的房屋共分为三个展厅，正房为一展厅，东厢为二展厅，西厢为三展厅，以图文结合实物的形式，介绍了老舍在济南的齐鲁大学教书、写作、翻译、编书、居家、会友时的行状，许多照片都很珍贵。

　　老舍是1930年7月应山东齐鲁大学之聘，赴济南教书的。这年10月10日出版的《齐大月刊》第一卷第1期在"新职员之介绍"栏里有这样的文字："舒舍予，北平人，北平师范毕业，曾任英国伦敦大学东方学院华文教师，现任本校国学研究所文学主任兼任文学院文学教授。"三十出头，还是未婚青年的老舍，能够被名校齐大直接聘为主任、教授，一方面是因为他有在国外大学任教的经历，更为主要的，是因为他在新文学方面，特别是小说创作方面取得的成就。老舍早在北京教育系统做劝学员等基层工作的时候，就尝试了写作，最早的文章是参与写作的《参观苏省小学教育报告》（据曾广灿《老舍早期活动的一些新材料》），第一个短篇小说是1921年发表在《海外新声》杂志一卷2号上的《她的失败》。后来老舍又到天津工作，1923年初在《南开季刊》2、3期合刊上，发表了短篇小说

《小铃儿》。这期间，老舍还尝试诗歌、论文等的写作，打了下很好的文字功底。1924年夏季，经朋友推荐，老舍受聘于伦敦大学东方学院任华文讲师。教学之余，他大部分时间都泡在图书馆里，认真研读大量的英伦小说，他在《鲁迅先生逝世两周年纪念》里说："我是读了些英国的文艺之后，才决定也来试试自己的笔，狄更斯是我在那时候最爱读的，下至于乌德豪司①与哲扣布②也都使我欣喜。"老舍一尝试就不得了，之后便完成了他的成名长篇小说《老张的哲学》。他在创作谈《我怎样写〈老张的哲学〉》里说："写成此书，大概费了一年的工夫。……写的时候，是用三个便士一本的作文簿，钢笔横书，写得不甚整齐。""写完了，许地山兄来到伦敦；一块儿谈得没有好题目了，我就掏出小本给他念两段。他没给我什么批评，只顾了笑。后来，他说寄到国内去吧。……于是马马虎虎寄给了郑西谛兄——并没有挂号，就那么卷了一卷扔在邮局。两三个月后，《小说月报》居然把它登载出来，我到中国饭馆吃了顿'杂碎'，作为犒赏三军。"小说的

---

① 现通译沃德豪斯。
② 现通译雅各布斯。

主人翁老张是个恶棍，是当时北京城里下层民众人见人怕的主儿。老舍生长在北京，从小到大接触了大小胡同里各种阶层的人物，对老张这样的地痞流氓并不陌生，写起来得心应手，人物形象十分生动。这部作品的成功，给老舍极大的鼓励，他的文风就此确立。他又接连创作了《赵子曰》《二马》等重要作品，并都顺利发表。在教学上，随着教学经验的不断积累，伦敦大学还邀请他举办"唐朝爱情小说"的讲座。日本学者横山永三在《老舍与英国》一文中透露，老舍接到校方的邀请信后，立即回了信，不但要讲"唐朝爱情小说"，还把讲课提纲都列好了，并建议分四个部分来讲，即："（一）唐朝短篇小说的写作进展——这是我讲座的引言；（二）'唐朝爱情小说'的分类和思想（有关伦理、宗教等故事）；（三）对'唐朝爱情小说'的语言和主要书籍的研究；（四）'唐朝爱情小说'对元、明朝戏剧所产生的影响。"仅从这个提纲上看，这就是一篇有分量、有条理的文稿，可见老舍是做了精心准备的。正是有了创作和教学的经验和基础，齐鲁大学才对老舍发出邀请，而他也才有胆量到齐大任教。

到了齐大的老舍，马上展现了他的才能，除了承担研究、教学任务外，还兼任《齐大月刊》编辑部主任。可以毫不夸张地说，在齐大的四年时间，是老舍人生华章中精彩的片段之一（另一阶段是在青岛山东大学的三年）。在这里，他创作和翻译了大量的文学作品，总计有150多篇。比如短篇小说，就有《爱的小鬼》《歪毛儿》《文博士》等；还有长篇小说《离婚》，有论者认为《离婚》"标志着老舍的成熟"；再比如散文，有《一些印象》系列、《非正式的公园》《趵突泉的欣赏》等。从这些作品中，能看出老舍对济南的爱和不舍。"上帝把夏天的艺术赐给瑞士，把春天的赐给西湖，秋和冬的全赐给了济南。秋和冬是不好分开的，秋睡熟了一点便是冬，上帝不愿把它忽然唤醒，所以作个整人情，连秋带冬全给了济南。……秋山秋水虚幻的吻着。山儿不动，水儿微响。那中古的老城，带着这片秋色秋声，是济南，是诗。"（老舍《济南的秋天》）济南在老舍的笔下，就是这么美。除了小说和散文，老舍还有大量的翻译著作。可以说，是济南的底蕴和灵秀给他带来了创作的灵感，才让他的创作如井喷一样一发而不可收。此外，济南还给他带来了爱情和婚姻。在老舍旧居的墙板上，有几张老舍和新婚夫人胡絜青的照片，结婚照上有"媒人惠存"的字样，落款是

"舍予 絜青"，还有他们刚到济南时的合影——照片就是在这个院子里拍摄的，背景是许多花卉草木。说起他们的爱情，还有几个趣事。一是，胡絜青在读小学时就认识了她的婆婆，那还是她在北平第四女子小学读书时，老舍的母亲为了供儿子上学，在学校做干杂活，主要做些给教员做饭和打扫卫生等工作，胡絜青几乎每天都能看到这位勤劳的工友，她哪里知道这位朝夕相见的妇女，十多年后会成为她的婆婆呢。二是，老舍回国不久后，1930年7月7日，应邀到北师大做《论创作》的演讲，出面邀请老舍去北师大演讲的不是别人，正是该校国文系学生、文艺社团真社的骨干成员胡絜青。三是，老舍的同学罗常培要给老舍介绍女朋友，老舍并不介意，也曾在朋友们面前说过不想结婚的话，主要是怕一结婚，就疏远了朋友，而朋友们却急了，反驳他说："你要是再不结婚，会变成个脾气古怪的人，我们便不再理你！"老舍这才丢掉独身思想，同意他们帮自己去找。不知是巧合，还是有意为之，罗常培在1931年寒假里为老舍介绍的女朋友，竟是此前和老舍有过交往的胡絜青。二人很快建立了恋爱关系，并于这年的暑假，在北京举行了婚礼，婚后一起回到了济南，住进了南新街54号，即现在的南新街58号。从照片的服饰上推测，应该是这年的初秋了。另外还有多张老舍伏案工作的照片，同样引起我们的关注，我们会好奇他当时应该坐在哪个位置，会好奇他正在写哪一篇文章。这样反反复复，居然看了好几遍。

从展厅出来，我们再次在院子里徘徊。胡絜青在《重访老舍在"齐大"的旧居》里说到过这座小院："当时种满了花草，盆养的畦栽的都有，还有一棵不算小的紫丁香和一大缸荷花。院子里有一眼水井，一早一晚，老舍自己打水浇花，施肥，捉虫，所以花儿开得很旺盛。每年开春以后，小院里花香不断，五彩缤纷，吸引着不少朋友来我们家赏花。"我们在小院里徘徊，寻觅，不想离去。小院实在太小了，不经看，又想再看，水井、石榴树和荷花缸看了又看，说了又说，汤汤还问我，缸里是如何养荷花的。听了我的介绍，她想象着荷花缸里盛开的荷花的样子，荷香在小院里萦绕不息，连带着又想象着老舍夫妇一起侍弄花草，一起迎来送往，一起欢声笑语，小日子必定是很平和、很开心的。在小院的南墙上，还镶嵌着几块碑刻，每块上都刻着老舍的名言，有一句是这样的："才华是刀刃，辛苦是磨刀石，再锋利的刀刃，若日久不磨，也会生锈。"这句话不仅是老舍在济南的写照，也激励着许多有志于创作的人。

这天，来先生旧居参观的人很少，我们就这么流连了近两个小时，才默念着先生的名言，沿着南新街，来到了不远处的趵突泉公园。我们看到了老舍笔下的趵突泉了："设若没有这泉，济南定会丢失了一半的美。……泉太好了。泉池差不多见方，三个泉口偏西，北边便是条小溪流向西门去。看那三个大泉，一年四季，昼夜不停，老那么翻滚。你立定呆呆的看三分钟，你便觉出自然的伟大，使你不敢再正眼去看。永远那么纯洁，永远那么活泼，永远那么鲜明，冒，冒，冒，永不疲乏，永不退缩，只是自然有这样的力量！"这是老舍在《趵突泉的欣赏》里的描写。无疑，老舍这篇散文，也是在南新街的居室里写成的。济南给了老舍灵感，老舍也给济南留下了千古传颂的文章。

回望板浦

　　板浦，是连云港海州区的普通小镇，在市区南面约十公里的地方。

　　别看小镇普通，名气却很响。在民间，有"穿海州，吃板浦"之说，意思是海州人讲究穿，板浦人讲究吃；还有"吃在板浦"的俗话，也是赞扬板浦的美食的。有一首关于板浦的童谣，和另一首关于扬州的童谣可以相提并论，连说带唱的，很好听，我们小时候经常挂在嘴边，其一是："讲古讲古，讲到板浦，板浦冒烟，讲到天边……"其二是："小扁担，软抽抽，挑白米，下扬州……"

　　为什么"讲古"要讲到板浦呢？可能板浦的"古"太

多了吧，只要开讲，必离不开板浦。作家张文宝先生写过一篇《板浦之梦》，开头有这样的话："秋园里的百亩桃花正是开得最为喧闹的时候，却常常让人梦想着色彩斑斓的秋天；荷花池的残桥败荷瘦水点染出了冬的幽远意境，却勾起翩翩游人在肃杀的天气里对碧水涟漪、荷花蜻蜓、小桥惠风的梦想；国清禅寺苍苔斑驳，古意盎然，延引的百年对她仿佛只是一场梦觉，昨天和今天也是咫尺之间。"这篇文章是写《镜花缘》及其作者李汝珍的。当年，李汝珍就生活在板浦，写出了这本充满浪漫色彩的名著。

　　李汝珍大约生于乾隆二十八年（1763）。乾隆四十七年（1782），李汝珍随其兄李汝璜移家到板浦，李汝璜到板浦是公干，盐课司大使，直到嘉庆四年（1799）才退休。李汝珍在板浦，靠着兄长的势力，大约生活也不差吧，不然，也不会有能力娶板浦著名学者许乔林的堂姐为妻的。当地的史籍里，说他在板浦"久作寓公"。也许正是这样闲散的生活，才使他有时间和精力埋头创作《镜花缘》吧。嘉庆二十三年（1818），李汝珍带上写竣的《镜花缘》赴苏州刊刻成书，并在社会上广为流传。

然而，说到李汝珍，哪怕他的名字在今天再响亮，那也是后来的事。他在当年的板浦文人名士当中，根本排不上号，用句很俗的话说，"连边都挨不着"。为什么这么说呢？原因有二：一是那时写小说的人难登大雅之堂，不入流；二是板浦这地方，名士太多了，和他差不多时代的，就有著名经学大师、音律学家凌廷堪，著名学者吴振勃、吴振勤、吴恒宣、程枚、许乔林、许桂林、乔绍侨、乔绍傅等数十位。特别是凌廷堪，更是知名当世，是"扬州学派"的代表人物，团聚在他周围的人，都是人中龙凤。或者，换一种说法，大家更容易理解了，李汝珍是在板浦的学术氛围的熏陶下，才创作出《镜花缘》的——学问做不过人家，便写写小说，玩个偏门。

　　在当时板浦的文人中，凌廷堪确实是出类拔萃的执牛耳者。

　　凌廷堪祖籍安徽，其父亲因家境贫困，年轻时投奔板浦外祖父许世贞，并在板浦成家立业，从事海盐生意。1757年，凌廷堪出生在板浦，六岁时父亲病故，然后入塾并发愤读书。十三岁时，为生活所迫，弃学学商，做起了生意。虽然板浦商业发达，但经商秘诀也不是他一个少年能够吃得透的，加上他不愿意与人争利，始终是个门外汉。学商同时，他继续苦读自学。史书说他"天资敏慧，词曲一套，无师自通"。后来，他在友人处发现《唐诗别裁集》等书，产生浓厚的兴趣，和友人商借了是书，便掌灯苦读。板浦有一地方文士，姓杨，字铁星，在板浦街设立含沧书屋，课徒授艺，凌廷堪常常带着诗词文稿上门求教。正是在含沧书屋，他结识了寄居在书屋的前辈诗人张宾鹤。张氏系钱塘人，字云汀、仲谋，1772年游学板浦，他看中了凌廷堪的聪明好学，和凌成了忘年交。他从凌廷堪的诗文中，发现其笔下有古风，很惊奇，称赞之余，对凌的诗文亲加指教。五年后，凌廷堪在《寄怀张云汀先生》诗中吟道："忆君在海上，授我为声诗。谓我下笔古，有若屈宋辞。……我无长房术，缩地焉可施。我无晨风翼，安能凌风飞。支离散木失规矩，重蓬匠石知何时。"（《校礼堂诗集》卷一）凌廷堪的自学过程，他母亲看在眼里，也经常和儿子交流，鼓励他自学和出游。据扬州学派的另一位代表人物阮元在《凌母王太孺人寿诗序》里记述其母对凌说："且独学无友，则孤陋而寡闻，吾有汝兄侍养，汝其游四方，就师友以成之。"鼓励他外学求贤。阮元接下来肯定了凌母的观点，"次仲生东海僻陋之乡，非太孺人勖之以游，则郁郁与驵侩老矣，乌能显名于天下哉？"因诗文不断受到朋友的夸赞，凌廷堪在十九岁时，为吴恒宣所聘，协助其编修《云台山志》。这位吴恒宣，不仅热衷修志，同时也喜爱戏剧创作，著有《双仙记》《义贞记》等传奇，凌廷堪又跟他学会了戏曲中的音韵知识，并留心南北曲之学。二十岁那年，他跃跃欲试，萌生了闯天下的念头。二十二岁那年，就参加了《曲海总目》的编纂工作。二十八岁去北京游学，和内阁大学士翁方纲相识并拜翁氏为师，参与了《四库全书》的编纂工作，从此名声大噪。三十五岁那年中进士，补为宁国府学教授。

凌廷堪因幼年时期在板浦受到启蒙，经过苦学，精通多门学问，诗词文赋不在话下，还特别精通经学和音韵学。此后，他勤奋著述，成就卓著，成为扬州学派代表人物，传世著作很多，刊印的就有《校礼堂文集》三十六卷，《礼经释例》十四卷，《元遗山年谱》二卷，《后魏书音义》四卷，《燕乐考原》六卷等多种。此外，凌氏以诗的形式表达了其戏曲理论观点，有对音律要求的阐述，有对作家作品的品评，有对戏曲起源的探讨，等等，得《论曲绝句》三十多首，可谓独创。他还写作了反映家乡面貌和风物的作品几十篇（首），如《秦东门铭》《登谢禄山观海》《别峰桃雾》《东磊奇石》等。特别是《登谢禄山观海》，七古二十韵，有气吞山河之势。

凌廷堪去世三十年后，诗人、学者阮元路过板浦时，想起这位乾嘉学派的代表人物，不禁唏嘘不已。他在《过海州板浦吊凌次仲》诗中感叹道："山海应如旧，期人世已无……那堪三十载，到此式君庐。"

比凌廷堪小十三岁的吴振勃，也是著名经学家，同样才华盖世，和其胞弟吴振勷并称"板浦二吴"。

吴振勃字兴孟，一字容如，号筼斋，生于乾隆三十五年（1770），死于道光二十七年（1847），比许乔林早死五年。两人可是同时代的至交好友。吴振勃喜欢搜集古籍，有时无钱收购，便借回家抄录。吴氏长期生活在板浦，勤学苦读，著书立说，刊刻的有《经学考源》《音学考源》《春秋分类纪事》等，另有《先生言行录》《古诗课蒙》《金诗约选》《筼斋文稿》《筼斋诗录》《筼斋客话》等数种。

许桂林是乾嘉学派中另一位重量级人物，和许乔林并称"板浦二许"，但学问却在许乔林之上。许桂林生于乾隆四十四年（1779），死于道光二年（1822），算来只活了四十三岁。这位十二岁就中秀才的神童，一生痴情于学问，苦读勤写，著有《许氏说音》十二卷、《宜西通》三卷、《太元后知》六卷、《参同契金隄大义》二卷、《步纬简明法》一卷、《日月合璧五星联珠考》一卷、《半古丛钞》八卷、《易确》二十卷、《庚辰读易记》三十二卷、《毛诗后笺》八卷、《春秋三传地名考证》六卷、《春秋谷梁传时日月书法释例》六卷、《汉世别本礼记长义》四卷、《大学中庸讲义》二卷、《四书因论》二卷、《说文后解》十卷、《味无味斋文集》十六卷。可以说，他不是著书立说，就是手不释卷，在多个领域都有建树，比如他的《算牖》等四种探讨古代计算器具的著述，可以说是填补了这方面的空白，方志称他"以西算名世"。

许桂林一生没有离开过板浦，他在疾病缠身时，还不忘著述，最终英年早逝。病重期间，他自撰挽联云："只恨著书未了，要为孔圣明一经，望后起有人，傥与吾徒传绝学；若论短命堪伤，已比颜子多十岁，况天上不苦，还从老母侍清游"。

另一位被冠以"大先生"的，是许桂林的胞兄许乔林，人称许大先生。许乔林，字仲贞，号石华，嘉庆十二年（1807）应乡试，中亚元。道光四年（1824）任山东平阴县知县，但第二年便辞官回乡，任海州书院山长，安心教学、著述，并于"书余暇日，弹琴啸歌，以诗酒相娱乐"。他曾帮弟弟许桂林协助知州唐仲冕编修《嘉庆海州直隶州志》，从此对地方文化感兴趣，和谢元淮一起，辑有《云台新志》，编纂了《票盐志略》《东平州志》《海州文献录》《朐海诗存》，著有《球阳锁语》及《榆山房诗略》《榆山房笔谈》等多种。还主持编刻了清朝名宦陶澍的诗文集《陶文毅公全集》六十四卷。

许大先生不做官，宁愿回家乡做学问，有人说他仕途不顺，时运不济。依我看，深层原因并不在此吧，据我推想，他辞官回到家乡，恐怕是和板浦这地方深厚的文化底蕴有关系吧——他的朋友和兄弟，可都是知名的当世学者啊，和他们一起谈文论学，恐怕是他最大的乐趣了。再者，板浦当时是盐都，有钱人多，生活富足，他回家乡，可能也与这个有关。

小小的乡村小镇板浦，人文荟萃，可述可传的人物很多，是乾嘉学派活动的大舞台，短短几十年内，出现十数位在学术上、文学上卓有成就的人物，这在中国怕是少有的吧。

昔日的板浦，护城河绿水环绕，北海门、崇文门、峙云门等古城门耸立四方，六十多条青石板铺就的小巷在古镇里纵横交错，许多古色古香的深宅大院就隐藏在这些小巷里，它们见证了板浦的四时变化和人文景观，见证了一个个著作等身，在经学、史学、文学、方志学、音韵学等方面领风骚的名流大家。特别是浪漫主义小说的典范之作《镜花缘》，就是在板浦这块土壤上培育起来的奇葩。我有时候会到板浦去见朋友，吕秀彬、姚祥磷等文友会带我在板浦的街巷里随便走走，偶尔会遇见类似于汪家的老宅大院。看看那雕花的门窗和青砖上同样雕花的门楼，禁不住会感慨当年的富裕和繁华，脑子里不免会想到，要是还有人办含沧书屋，课徒授艺，会有人来苦读吟诵吗？又进一步想，凌廷堪故居、"二许"故居，也是该提上议事日程了吧？

李汝珍纪念馆倒是修建了，每年都会有众多慕名前来的各地学莘，一睹他著书立说的书房院舍，希望能讨得一池砚墨，沾染一星文气。可是，现如今也是缺少打理，平时连门都不开，更不要说设施更新和学术研究了。如果现阶段无法修建凌廷堪故居、"二许"故居，也可以先在李汝珍纪念馆里设立他们的陈列室，为以后机会成熟设立纪念馆做预先的准备。

乐寿山庄

书法家陈风桐先生所编的《连云港市古今楹联选》里，收有白宝山的几副联：

天开北斗斟沧海；
地负南山起画屏。

日出日入自朝暮；
潮去潮来无古今。

登斯亭也，看山气夕佳，涛头练勇；
若有人分，为乡邦造福，海国生春。

欣赏这几副楹联，连带着想起了乐寿山庄和山庄里的白家大楼。白家大楼也称墟沟大楼，是乐寿山庄的主体建筑。

现在的连云港海滨公园，是在乐寿山庄的基础上于1958年修建的。

我曾多次去墟沟的海滨公园游玩，最近的一次是在2017年6月的一个好天气里。我从侧门进入。这个侧门，就是乐寿山庄的正门，其建筑特色非常显著，全部由鼓形花岗岩块石砌成，拱形，两边各有同样石砌的门柱。门的上方有匾额，是里外各镶一块的刻石，外门是"乐寿山庄"，门内是"海疆磐石"，字体为隶书，稳重、大气，不知出自何人手笔。整个建筑敦实、厚重，显示了当年的气派和不凡的风姿。公园里遍植草坪，松竹成荫，绿树丛中的小道交叉穿梭，各种花卉分布其间，花丛中有翩飞的蜂蝶，林中有啾啾的鸟鸣，天空中还时常有光顾的海鸥。整个园子，安逸、静谧。

走在园中，游人不多，谁能想到，这可是当年白宝山戒备森严的庄园呢。

白宝山的大名，在二十世纪初期的苏北一带，可是如雷贯耳啊，他在当时的海州、新浦、墟沟等地有很大的一片产业，号称"海州王"。彭云先生在《海州乡谭·石板路》一文中，写过这样一个故事：白宝山在新浦老大街的一条附街上，修了个澡堂子，名"第一池"。澡堂修好后，他办了几桌酒席，请出钱出力的人喝酒。席间，他问，我这澡堂还欠差些什么吗？海州财主杨八说，白师长的澡堂样样都好，我看就是门口的路差次一些。白宝山听了，脸一沉，说，你看门口的路不行，劳驾帮我修修吧。杨八吃了哑巴亏，按照白宝山的意思，破费几百块大洋，修好了路。这段石路现在还在。据白宝山的长孙白化文在《北洋系江苏省军阀白宝山及陈调元的一些情况》（1985年手稿）一文中提供的信息，我们知道，白宝山"在宣统年间"，"以统领身份带兵进驻海州。这是他半独立于张勋之始"。白化文接着说，"1915年12月28日，我祖父被任命为新设的'海州镇守使'"，一直"沿用到1927年取消"。白宝山修筑乐寿山庄的时间应该在民国七年，即1918年左右。"它是个砖石结构的西式三层大楼，正名'乐寿山庄'，又叫'瑞石窝'。一般人都叫它'白家大楼'，我家习称'墟沟大楼'。小厨房在大楼内底层，二楼有大餐间，用上下拉线托盘上菜。大餐间下为大地窖，藏酒。"在介绍了白家大楼内部结构和私人武装后，又介绍了园子："大楼东边向海。楼东是牡丹园，种着……从山东买来的牡丹。还有一个喷水池。大楼东北方百余米处是大厨房、粮仓、汽车库，有一辆二十年代晚期的顺风牌敞篷小汽车。东南方是……望海亭，正名叫'向若亭'，取庄子'望洋向若而叹'之意。大楼西北方二百多米处有一个小小院落，内有'L'形平房约五六间，附厨房与卫生间，外绕竹篱，十分幽静。它有个小匾，写明雅号，可惜已忘掉了。一般人都叫它的诨名'西伯利亚'，取其在西北角之义。"这个小院子，曾接待过不少当时的"闻人"，如"内政部长刘尚清曾住了一年"，陈调元父子也常来住一段时间，还有黄杰等要人也常来避暑度假。白家还专门为陈家父子在"大楼西南约二三十米处"建了个网球场，供他们玩乐。乐寿山庄从建成一直到1938年，二十年间曾辉煌一时，是白宝山在海州的重要据点。白宝山还置下了很大的一片产业，在云台山占据好几处山头，在中云的魏庵占地上百亩，在灌云县同兴置田二十顷，在新浦南马跳一带占地多顷，还有多处林子、果园。除这些田产外，还有工商业和多处房产，比如仅在新浦就开设了中央大旅社、东亚旅社、第一饭店、第一池等，可谓广开财源。他是把海州当成他的第二故乡来经营的。为了让后代对海州有认同感，白宝山还把长孙白化文从天津老家接到乐寿山庄，并把天津的所有房产、商号尽数卖光（当然也有别的原因）。可惜，他的美梦没有长久，在日本军国主义发动的侵华战争中，他的乐寿山庄被炮弹炸毁，成为一片废墟，白宝山被迫率家人逃到重庆。

现在的海滨公园里，白家当年修筑的主要建筑大都不存了，白家大楼只剩下根基，那幢"L"形建筑也不知何时消失了。遗留的当年旧物，依稀可见的，除前面所说的门楼，还有荷花池（喷水池）、向若亭等，"瑞石窝"三个擘窠大字还在。另外，在门楼边有一个小石洞也保存较好，这不是普通的石洞，是当年的一个暗堡，也是白宝山主持修建的。2007年我曾采访过白化文先生，他告诉我，1933年岁末，他来到海州随祖父居住后的五六年间，最喜欢到暗堡里玩了，那里有一个班的卫兵常年把守，卫兵除配短枪外，在暗堡里还配有一挺机枪。卫兵们对他都很好，枪也会给他摸摸。

关于"瑞石窝"的故事，还有不少可记。当年白宝山能得到这块宝地，完全是"得来全不费工夫"，当地老百姓谁不知道白大镇守史的名声呢？据百岁老人邵诗谭老先生回忆说：在乐寿山庄落成前，其山门的西北侧，有一堆怪石，形状奇特，犹如半月，且犬牙交错，很有看头，其中在一块丈余高的长石上，刻有"瑞石窝"三个大字，旁有"会籍刘知纪题"的字样。当年白宝山来到此处视察，对"瑞石"二字情有独钟，觉得与自己的名"宝山"和字"峻青"暗合，便久久流连，不愿离去。同行的墟沟士绅和乡贤们看破了白大人的心思，一合计，便将这块乱石山场送给了他。白宝山当然乐于接受了，随即筹划建立山庄大事，并于1920年开工兴建。待山庄完工，白宝山到此一看时，"瑞石窝"三字和那块丈余高的长石不见了，一问才知，被石工开凿用于建造别墅了。无奈之下，白宝山只好在现今的"瑞石窝"处另行重刻，也算是尊重遗训吧。山庄建好后，他便一家搬了过来，并常常邀请老朋友来欢聚畅谈，也有知己好友前来造访，他们在山庄观海聊天，吟诗作对，算是过上了神仙日子。有一天，白宝山与把兄弟陈调元及陈的朋友刘伯涛、王道元四人在向若亭避雨饮茶。白宝山二十多岁时自学读书，凭着聪明和好学，胸中也有点墨水，他提议，每人乘兴作诗并将诗中最满意的一联题在亭的八根柱子上。不多一会儿，雨过诗成，白宝山题的诗有两联为妙。一联为"天开北斗斟沧海，地负南山起画屏"；另一联为"日出日入自朝暮，潮去潮来无古今"。两联分别刻在西边亭柱的外面和东边亭柱的里面。而陈调元和刘景波、王道元的名字至今残留在亭子上，陈联为："陇汧西去三千里，淮海南来第一楼"。王联曰："百年易逝诚何恋，一壑能专亦作豪"。刘联曰："日对青山作酬答，气与黄海相吐吞"。除此而外，向若亭的四周横梁上也有题刻，东刻"海日东升"，西曰"平秩西成"，南作"南山如画"，北为"波澜壮阔"。遗憾的是，这些字和"瑞石窝"如今已不复存在了。"瑞石窝"后来仿照照片，在离原迹不远的地方重刻，而廊柱和横梁上的字，如今只留下一条条凹槽了。

当我一个人在海滨公园随处看看时，很自然就和当年的白家旧物相遇了。喷水池因都是石头建筑，保存相对完好，喷水口上的小海豚还在，据说当年终日不停地从嘴里往外喷水呢，现在虽然没有水喷了，也还在执着地仰望天空。喷水池为八边形，上有八根塔形石柱，石柱上都有一个眼，当年是穿上铁链当围栏的。喷水池现在成了荷花池，因为池里种有荷花而得名。其时正是荷花盛开时，三五朵红花或含苞待放，或花开正艳，正展示其美丽的芳华。向若亭还很完整，几乎是当年的旧样，同样是全石所建，八根圆形石柱，配有石栏，两侧有石阶可穿亭而过，此石亭粗犷而庄重，历经百年而形不变、体不衰，当属于园林中的上品，也足见当年是下了一番功夫修建的。"瑞石窝"是一处自然景观，原就是北固山上的重要景点，当年张学翰先生骑着毛驴走遍百里云台，曾有诗赞之。"瑞石窝"的"瑞石"，原是小山巅上凭空飞来的两块巨石，两石合呈"V"字形，因巨石上有一个直径二十多厘米的圆形石窝，故名。"瑞石窝"三字，和门楼上的"乐寿山庄"恐不是出自一人之手。在瑞石窝的背面光滑的岩面上，有一处石刻，内容是黄杰为白宝山祝寿时所撰的一首七律，诗曰："我来黄海听渔歌，初次瞻韩瑞石窝。喜上云台观浴日，闲从北固看迴波。与人增寿山弥静，把酒言欢颊自酡。老去廉颇犹健饭，还当为国整金戈。"此石刻，俗称"白宝山石刻"，20世纪60年代被铲平，20世纪80年代，又由连云港市书法家顾铁侬先生重书并勒石于原刻的左下方。

　　海滨公园已经是连云港东部海滨城区的重要景点和市民的休闲场所了，因为有了白家大楼的遗迹，会自然勾连起一段尘封的历史，让人想起当年的风云变幻。但是，不了解这段历史的人，怕是无从想象了。有时我会想，如果遗迹处立个牌子，进行简要的文字说明，不仅可以让人明白这些遗迹景点的来处，也可让人记住历史，昭示后人。

半壶茶香一卷书

　　宋家志先生在新浦民主路上开了一间郁洲茶店，实质这是一处朋友聚谈的茶室，格调高雅、脱俗，茶店里不光有茶墩、茶具可供客人品茶，厅堂里还有几幅与茶有关的字画，其中有一幅字，出自书法家李敬伟之手，录抄的是苏东坡的《次韵曹辅寄壑源试焙新芽》诗，书体、内容和茶店相得益彰，别有情趣。诗云："仙山灵草湿行云，洗遍香肌粉未匀。明月来投玉川子，清风吹破武林春。要知玉雪心肠好，不是膏油首面新。戏作小诗君勿笑，从来佳茗似佳人。"

　　苏东坡是大才子，整首诗以美人比佳茗，立意灵气飞动，清新宜人。诗人特别表白自己最喜欢天然的，具有大自然真味和内在品质的茶。这可以说和宋家志对茶道的追求如出一辙。不仅要把茶品出滋味，品出情调，还要品出诗意和境界，正所谓"生活如月轮，心境如流水，乾坤容我静，名利任人忙"。

在各式各样的饮品中，我独喜欢葡萄酒和茶饮。说起来并非生活需要，而是形式或是心情使然。午夜品酒，午后饮茶，居然成为近来的一种习惯。前者是写作之后的一种调解，在连续工作之后，品咂一小杯葡萄酒，回味一下一天的工作得失，于接下来的睡眠大有帮助。饮茶就是另一番享受了。"自汲香泉带落花，漫烧石鼎试新茶。"这是宋代诗人戴昺《赏茶》诗中的两句。午后小睡之后，泡杯茶，随手拿几本杂志或闲书，散漫地读几页，自然就会联想到这几行优雅的诗句，再切近地体会诗中清幽的意境与恬淡的心情，不禁遐想着，若是能够在无尽的忙碌中，抽半日清闲，坐在乡间的竹篱小舍前，于紫藤架下的石矶上品茗，仰头可见如洗的碧空中，飘过几朵白云，穿梭几只春燕，脚下野草芬芳，山花烂漫，聆听幽谷鸣泉，眺望远山含黛……呷一小口茶，任清清浅浅的苦，那会是一段多么美好的时光啊！可惜我在花果山置下的"三闲小屋"

已经易手，每日有余暇，只能在书房里自泡一杯，但偶尔到宋家志的茶室来茶聚，和友人一起品茗闲谈，心境居然也回到了自然的情状中。

宋家志的郁洲茶店位于市中心，他是我认识的文人雅士中少有的懂茶的人，号称"品茶大师"。"品茶大师"虽然是虚衔，但也是靠功力获得大家的认可的。记得还是在 2009 年9月吧，《苍梧晚报》第二版上有一条不起眼的新闻，说我市云雾茶获中国茶叶学会主办的第八届"中茶杯"全国名优茶评比一等奖。这里的云雾茶就是"郁洲牌"云雾茶；这次评奖，也是由宋家志选送的。宋先生搞茶有个特点，就是在品质上下功夫。品质从哪里来呢？那当然要从源头抓起了。我每每在他那里品茶，他都会娓娓地给我讲些茶经。我也渐渐了解到，搞茶，和其他的行业一样，做做容易，做到精致、极致，可不是简单说说的事，不但要亲力亲为，还须专家专为。云台山上有好茶，这是人所共知的。但什么是好中之好，怎样才能做到好中之好，如何品尝上等好茶，享受茶中三昧，就不是一般的茶客能够感受得到的了。茶叶的采制和气候、环境、土壤、水质等关系非常密切，需要适时地把握。在一般情况下，每年春节一过，宋家志就开始为一年的茶事奔忙了。他先是准备行装，到云台山上满山遍野地"闲"逛，对于那些得风得水、阳光充足的茶园做到心中有谱，比较后才选定茶园，然后选定专人。在什么时候采茶，在什么气候下采茶，是雨天，还是雾天，是阴天，还是晴天，这些别人不注意的小细节，他都要根据时节来决定。从采叶、晾晒、炒茶，到分装、冷藏等工序，他都是亲自把关。我知道他最近几年，每年都要到云台山上，一待就是一两个月。在月明风清的夜晚，他会一个人待在茶园里，静静地聆听茶叶抽芽的声音，那份专注和享受，是别人难以感受的。他每年都要囤积三十万元左右的春茶，藏在他特制的冷库里，以便全年都有春茶供应。

茶是我国的传统饮品，喝茶人也不计其数。但说真话，我的喝茶，在之前很长一段时间里，只能称得上"驴饮"水准。弄一个杯子，抓一小撮茶叶，然后用开水一冲，等到不冷不热时，再几口喝下，充其量不过是解渴，和"饮"无关，和"品"更是相去甚远。自从和宋家志成为茶友，我由喝茶到了饮茶的一级，和品茶，还有距离。品茶，得与心情有关，得与优雅的环境有关。然而，我们置身于嘈杂的城市，耳边响起的是喧哗，视野中更是林立的高楼和青灰色的大马路，或许还有风起时漫天的滚滚尘土，似乎那清幽的景象离我们十分遥远。生存环境呢，更是忙碌而琐碎，总是被鸡毛蒜皮的繁杂琐事塞满，感觉乏味、无趣、沉重、了无生机而又疲惫不堪。但是，说来奇怪，我只要和宋家志茶聚，不由自主地就被引领进入另一个境界，仿佛我又突然拥有了一颗热爱生活的心，仿佛寻找到了一处幽静的驿站，停下了匆忙的脚步，劳碌的心也暂时得到小憩。而生活中的烦恼和种种不如意，也在茶香中被过滤，心灵也跟着澄澈而宁静起来。有那么几次，我和宋家志在郁洲茶店相对而坐，他一边给我续茶，一边与我喁喁小谈，那茶味和茶香入心入肺，令人心静神宁。我仿佛喝出了仙气味儿，真是"人间有味是清欢"啊！

　　或许是和从事的职业有关吧，也或许是受了多年茶香的滋养和启悟，宋家志人品如茶，色欲不惑，沉稳怡然，胸中自有"闲看庭前花开花落，漫随天外云卷云舒"的淡定从容、澄明素静，仿佛品尝的不是茶，而是平淡且真实的生活。而他对诗书画的喜爱，更让人想起"半壶茶香一卷书"的冲淡和清雅。

常熟的小吃

跨塘桥头小馄饨

跨塘桥是常熟老街一座普通的桥，普通到没有特点可说。桥下是一条窄窄的小河，从前的流水大约也是清澈的吧。

桥头的这家馄饨铺，也和石桥一样，没有什么显眼的特征（要说有，也是房舍过于破败了），唯有小馄饨，还是那么鲜香。

和旧时的馄饨铺（摊）一样，也是现包现煮现买现吃。传统的卖法，先到小窗口里买张小纸条，红色的是三元，黄色的是四元，白色的是五元，根据你的肚量随选。拿到小纸条后，到煮锅前排队。煮娘是个中年妇女，穿白色工作服，干净利索，左手接过顾客递过去的纸条，右手里的一只长柄漏勺并不闲着，或踏动着漂在开水里的馄饨，或把泡沫撇出锅沿。锅上方的水龙头，滴流着清水。几个翻转，小馄饨便熟了。锅台上摆着一溜白青瓷碗，根据顺序，把不同分量的小馄饨装进碗里，再递给吃客。

吃馄饨全在汤，以鸡汤和骨头汤为佳。记得老新浦的美味斋馄饨店里，并排的是两口大锅，一口里是正在炖着的骨头汤，白色的，看着就鲜，另一口翻滚的锅里煮着待出锅的馄饨。看着、闻着，吃客还没尝到，就已经满嘴生津了。但是，不知什么时候"改革"了，骨头汤和鸡汤都不见了踪影，代之的是鸡精、味精之类的调料。跨塘桥头的汤碗里还有一点不知是什么的汤汁（似乎是熟猪油一类也未可知），打句不恰当的比方，好比一服方子里的药引子，没有它还真的不行。或许就是这点"药引子"，才让跨塘桥头这家小馄饨店的味道独特些吧。

我曾在买票时，多看了一眼票桌后面包馄饨的几个女店员。她们围着一个特大的盆，盆里是调好了味的肉馅。

她们包得特别快，一手拿一张馄饨皮，另一只手上的筷子在皮上一抹，一卷，一个馄饨就包好了，真的就是眨眼工夫。

簞油面

在兴福寺吃过几次面，那排场够大的，面馆的前后左右，院里院外，全是人。男女老少，挤挤挨挨，有排队的，有端着面碗穿梭而过的，有互相打招呼的。长长短短、高高矮矮的桌凳上很难有空座，有的干脆就蹲下来吃，场面几可称壮观。不管有没有胃口，一踏进这种氛围，馋虫自然就被勾了出来。

我第一次在兴福寺吃面时正值深秋，早上已略有凉意，阳光被周围的建筑和高大的树木遮蔽，加之紧挨一条奔腾的溪流，感觉到处都湿漉漉的。请客的是常熟作家皇甫先生，他是个直性子，问我吃什么面。我向料理台方向望去，一口巨型大锅里只有面在翻滚。一边的几案上，是几只大盆，盆里是熬好的汤料，黑的、白的都有。我知道，面的味道全在那些神秘的汤料里。另一边案几上也是盆，放着各种"浇头"，有大排、鱼段、牛肉、青菜、野山菇等十多种。再看价目牌，价格三十元、二十元、十五元、十元、六元不等，照顾了各种食客。

由此我想起常熟书法家葛丽萍，她也是散文高手，写过一篇《老朱头的面》。文中说到面的口感时，用了"清"与"浓"来区别，有这样一段文字："清，是清淡，清爽，因为没香料在里面；而别样的浓，是他们用很多种香料把上好的野鸡野鸭和猪牛鱼骨混在一起慢煮、慢熬形成的浓汤。各色香料之香，各色肉骨之味，混在一起，在特定的时空下，秘制而成。"看来，兴福寺面馆的那些汤和浇头，都是有来头的。葛丽萍接着写道："喜欢吃这个味道的客人从早上天蒙蒙亮，到买菜的行人在街上基本消失，总是络绎不绝。老人中有的喝早茶，吃一碗老朱头的面，容光焕发；有的不仅喝茶，还要喝早酒，聚在一桌，有说有笑，慢慢地享用这里的野味，待时光从黎明到近午。"

我在兴福寺吃过野山菇面，吃过大排面，也吃过鱼肉面，味道各不一样，但面的滑爽却是一直不变的。至于面汤，更是值得细细慢品，那香和爽似乎不是吃出来的，而是自然适合你的味觉，仿佛定做一般，仿佛那引诱早就在你味觉和口感的路上等着了。

腌香椿

在兴福寺吃面，要配几个小菜，常见的是熏鱼片和腌香椿。

腌香椿虽然说是腌制小菜，却特有风味，颜色嫩绿中掺点浅黄，口感更是淡而脆，脆而香，香而嫩。说腌菜"淡"，当然是相对而言的。腌制食品，按说是以咸为重，但兴福寺的腌香椿就是这样不拘一格，咸味是似有若无的，说咸，香味似乎更重些，说香呢，似乎又有些清淡，咬嚼起来又满口脆嫩，和簧油面的油滑调着吃，真是绝配了。

绿豆汤

绿豆汤并不是常熟特有的。我家乡也有，但不叫"汤"，而称作"茶"。绿豆茶做法简单，就是一大锅水里放少许绿豆，冷却后，是盛夏里消暑的饮料，条件好的摊点才放少许白糖。

常熟的绿豆汤，是我吃过的最随意又最讲究的绿豆汤了。说随意，因为一只只放好调料的汤碗就一溜摆在简陋的长桌上，由食客自己取用。说讲究，是针对汤碗里的食材的。一只白瓷碗里，放一份凉了的绿豆团，还有一份比绿豆饭团小一些的糯米饭团，加一汤匙绵白糖、一方丁冬瓜糖、一枚莲子，几根红绿丝。绿豆团的绿和冬瓜糖的绿，糯米饭团的白和莲子的白，色泽都是不一样的。那几根红绿丝更是别有情趣。先不要讲吃的滋味了，就是看一眼，暑气都会大减。更讲究的是冲泡绿豆汤的水，若要是把它当成一般的冷开水，就大错特错了。那是冰镇过的薄荷水。薄荷水的做法也不复杂，就是早上买来新鲜的薄荷叶，洗净后放适量在清水里，煮开、冷却、冰镇，装在一只水罐里备用。

食客端起兑好原料的白瓷碗，拧开水龙头，一碗甘甜味鲜的绿豆汤就冲泡好了。汤匙搅拌一下，迫不及待喝一口，清凉爽口，直透心脾。价格多少呢？便宜，三块钱。

饭粢糕

有一次，住在常熟大酒店里，晚上一个人无聊，出来闲狂逛，不知不觉腹中饥了，便走进临街的一家小食品店，一眼看到门口随意堆放的一堆糕点，包装简陋，纸线捆扎，还贴有一张长方形纸条，上面写着大大三个字：饭粢糕。背面也有一张大小相等的纸条，是"饭粢糕简介"。这应该是当地特产了。一问，果然是，而且很便宜。我毫不犹豫就买了一条，走在路上就吃了起来。老实说，味道没有我想象中那么有特色，脆而略香，松而略甜。香，要细嚼慢品，才能感觉出来；甜，也不是满嘴生津的甜，淡淡的，似甜未甜的意思。如果一定要说特色，也许这就是特色吧。颜色也不好看，比栗壳色浅一些，比老黄色要深一些。

回到宾馆，我细读饭粢糕上的简介，有这样一段文字颇有意思："饭粢糕生产开始于1880年，又名'五香松子糕'，风味独特载誉。原为梅李西街陈日升茶食店（1835－1935）特产。相传糕点师傅陆根司配就一作糕料后外出品茗，徒弟又重复拌糖，陆回店后得悉无奈，瞒着店主，将错就错，开炉生火，炉火过旺，迅速起帘，幸为色黄未焦，在偶中制成饭糍糕。"饭糍糕是一次事故的产物，倒是得来全不费工夫。下边还有饭糍糕的配料："用松子仁、青丁、橘皮、桂花等加红糖制成，通过粉碎、郁糕、上蒸、划糕、例糕、开糕、烘糕等工序。"佐料和工艺倒不是很复杂。我拿一块，继续尝尝，这回倒是吃出一点滋味来了。同时，对饭糍糕的产地梅李这个地名，产生了一点兴趣，何以用这两种植物或果子做地名呢？莫非盛产梅和李？想着梅和李，嘴中生津，又赶快拿一片饭糍糕吃起来。

第二天返京的高铁票是上午十一点多的。我赶车一般有两个途径：一是起早，乘公交车到辛庄，再换成开往苏州高铁站的公交车，这个线路是省钱而费时；二是睡个小懒觉，九点多打的去，这种办法是费钱省时。由于没有酒场，我早早就醒了，决定乘公交车。没想到早上七点钟出门时，看到旁边有开往梅李的公交车站点，正好有一辆公交车进站，我灵机一动，何不去梅李呢？几乎在一瞬间，我做出了去梅李的决定，便跑两步，一跃上了车。车上没有几个人，算上我，也不超过十人，而且其他人都是老人。

梅李很近，几十分钟就到了，下车就打听饭粢糕上写的大丰食品厂，居然很多人都知道，大家抢着告诉我怎么走。

　　厂子太小了，只有两三个人，其实就是一间小作坊。我看到有人在切糕，有人在烧火蒸糕，蒸糕的笼子很有特色，有一个大铁罩子，把一层一层的蒸笼罩起来。在另一边的案板上，有一堆深黄色的粉，旁边还有一个筛粉的箩子，这应该是糕粉了。门口堆摆着好多包好的饭粢糕，很便宜。我买了十条。

　　此后一连几天，我的早餐解决了，用开水泡几片饭粢糕，加点蜜，吃个半碗，挺好。

漫说沙光子

沙光子

海州人称沙光鱼叫沙光子。不叫沙光鱼而叫沙光子，语气中带有一点亲切，加之海州独特的方言，"子"的发音近似于"这"，"光"也是变了音的，不发"光亮"的"光"音。这种语气上的亲切，只有当地人听得出来。我就从来不叫沙光鱼，而叫"沙光这"。

约在三十年前吧，我第一次见到这种鱼，是在徐圩盐场的小渠沟和水库里。盐场水库的水，是和别处水库的水大不一样的，含盐分高，据说原是用来晒盐的原始材料，谁知道呢？当时是陪一个来自西北的某杂志的女编辑去的。过了板桥，一进入盐区简陋的柏油路，突见两边一片白光，原来都是一格格整齐的一望无际的盐田。女编辑很惊叹，问这是什么，我们说这是盐田。她问，就是种盐的田？我们说是。她不愿意相信，又特别惊奇，说她小时候以为盐都是树上结的，原来是在水田里种的。我们听了只能发出笑声。同行的有一位《江苏盐业报》的记者，他讲了几个盐场的趣事，也说到了沙光子。女编辑对这种鱼的习性和生命周期特别感兴趣，问了好几个为什么。有的"为什么"，记者也答不出。女编辑又问我。我此时刚从东海乡下来到城里不久，也知道得不多，只能说，中午吃了，就什么都知道了。算我们有眼福，在吃沙光子之前，我们先看到了沙光子——车子一进场部，有一条只有一米宽的小水渠出现在我们的眼前。或是要看看水渠边的绿植，抑或是无意的一瞥，小水渠尺把深的水里，有几条影子忽闪忽闪的，原来是几条鱼。这几条个头差不多大的小鱼，约有筷子长吧，大头，细尾，不紧不慢地在水里游弋，见有人看它了，做出的反应也只是忽地向前一蹿，便又恢复了它的自在。水渠里的水不算太清，却也能看到鱼身上有一点黄色，不是金黄的那种黄，也不是蛋黄、土黄，更不是鹅黄，它比米黄略深一些，比土黄略亮一些。后来我想了想，它就是沙光子那样的黄。如果将来的颜色世界中，多了一个"沙光黄"，就是我发现的。

离饭点还早，我遛出了场部大院，看到马路对面是一条河。这条河和马路是平行的。路和河的对面，有一个大水库。

水库边停着一艘小船。划船我并不陌生，我们村后有好几条河，逮鱼弄船的人不少，我很小的时候就跟他们学会了。见到这条小船，就忍不住想练练手。就好像如今刚学会开车的人，见到车心里总是痒痒的。和船家打过招呼后，我跳到船上，荡起双桨。我尽可能做到动作标准，节奏明快，船速均匀，以防止别人担心。船离岸越来越远时，水库里的水也越来越清，能一眼看到水底了。我便扶桨看水。水没啥好看的，水底世界好看。有一些水草，不是拖藤拉秧的那种，也不密，而是一株株的，高矮不等，形状不等，肥瘦有度，其中一种，像一株株袖珍小树，造型特别俊朗。它们在水里并不是静止不动的，而是略微地摇曳，可能是我的小船带来水流的波动造成的吧。我看水，除了看水草，还想看鱼——我先看到了虾。哈，虾子在水里的游动太不优雅了，一伸一曲的，或一曲一伸的，速度却不慢。先是看到一只，从一棵水草边游到另一棵水草下。接着又看到一只两只，三只四只，待看到一群虾子时，我突然快乐起来，它们长相一样，身材相当，浑身都是透明的。这些应该不是小草虾，也不是小麻虾，更不是湖虾，应该是传说中的对虾——这是对虾养殖基地吗？且慢，有一条鱼游过来了，又游过来一条，和我在盐场大院的小沟渠里看到的一模一样。它就是沙光子了。近午的阳光照在水面上，沙光子的身上泛着一闪一闪的光，大头两侧的鳍，完全张开来，阔大的腮，一张一合，一张一合。它像个巡视的大员，不慌不忙，这里看看，那里看看。它不像是在觅食，可能是吃饱了，出来散散步，晒晒太阳。它也会沉到水底，从水草中穿过，腮的张合所带动的水流，会吹动水底的浮土，也会让它身边的水草轻晃一下。它的样子有点蠢，是蠢得可爱的那种蠢。它身上的黄，也是恰到好处的那种黄。在这大片的水域里，它比在小沟渠里从容自在多了。我想起彭云先生在《海州乡谭》里写的关于沙光子的童谣，觉得有意思，写出了它一生的时光，但有些地方又似乎不够逼真。当然，所有的描写，和实际都是有区别的。我写沙光子，肯定也会有人对我的描写持不同的看法。我还想给它编一首新的童谣，把我发现的"沙光黄"也写进去。可是，沙光子对我的想法毫不理会，轻摇着尾巴，向水草深处游去了。

沙光鱼干子

第一次看到沙光鱼干子，是在板桥一家沿街小饭馆的后院子里。

这家小饭馆的菜真有特色，也真好吃，特别是一份红烧小杂鱼，不是论碟子上的，也不是论碗上的，而是论盆。也确可称盆，一个白瓷的大盆，盆口直径有三十多厘米，小杂鱼连汤带水端了上来，鱼真叫杂，汤也真叫鲜，是河鲜和海鲜的混合，钢针鱼、小丁鱼、老鼠鱼，还有我叫不上名字的，也有几个红的虾子和一剁两半的小螃蟹，热气腾腾，鲜香四溢，闻着都生口水。待到品尝时，鲜香从口舌直通肺腑，真是说不出的美味啊！

这家小饭馆有个后院，饭前去停车时，就看到晾晒在铁丝上的沙光鱼干子了。刚晒的和半干的沙光鱼干子都有。懂行的人说，这是甜干子，好吃。所谓甜干子，并不是加糖的那种甜，是对应咸的。小饭馆后院的鱼干子不少，除了串在铁丝上挂着的四五串，还有篮子里的和匾子里的。篮子里的像是咸干子，有盐味儿，半干，有点软。而柳匾子里的，已经是成品了，一条条都是弯曲的，不同形状的弯曲，外表有点白，可能是主人拿出来晾晾，就储藏起来了。我问年轻的老板娘，卖吗？回答极其干脆，不卖。开车的朋友说，两百块钱，全拿走！老板娘不屑地一撇嘴，说，两百块？你家钱大啊？看看吧。

沙光鱼干子有几种吃法，红烧、清蒸的就不用多说了。有一种吃法是放在干饭锅里吞吞，干饭锅里吞出来的沙光鱼干子，软而不烂，硬而不硌，有嚼头，筋道，香，越嚼越香，是家常最省事的吃法。还有一种吃法，是放在碳炉子上烤。我没烤过，也没吃过。更好吃的是放在土锅灶的尚有余火的草木灰烬里吞，吞成又干又酥的那种，略上一点焦黄色的更好，早上吃饼就稀饭，一等。无论是放在干饭锅里吞，还是放在草木灰的余烬里吞，都适合咸干子。多年以前，我在沙河口一带那家沙河口小鸡店里吃过草木灰吞的沙光鱼干子，真是难忘。更难忘的是，发现老板家自家食用的半海碗咸菜烧沙光鱼干子，要上来就酒，也是风味独特。

这里再补充一笔，2018年大年初二，好朋友、作家刘毅先生带我去墟沟吃饭，席间上来一盘沙光鱼干子，是蒸出来的，没有加任何调料，连椒盐都没有。我手抓了一条，一点一点撕着吃，是很有嚼劲的那种，咸淡正适宜，香中透着鲜味。喝着小酒，品着沙光鱼干子，好久没有这么吃过了，享受啊！后来刘先生说，饭店老板是沙光鱼协会的会长。第一次听说有这么个协会，真是非常需要啊！连云港有那么多好吃的——别处没有的好吃的，都没有名扬四海，不像南京盐水鸭、扬州大煮干丝那么天下皆知，知名度只局限于海州湾一带，重要原因就是缺少有力的组织和推广。有了以沙光鱼命名的专业协会，相信沙光鱼的系列美食会得到更多更好的开发，美誉会得到更久远的传扬。

沙光鱼汤

沙光鱼汤，是沙光鱼系列食品中名声最大的，也相对容易做。

海州人喜欢吃鱼汤。似乎什么鱼都能烧汤，淡水鱼当中的鲫鱼、黑鱼，都是烧汤的好材料，别地也会有，不奇怪。用海鱼烧汤，似乎只在海州的地盘上才常见（也许我是孤陋寡闻，暂且不管了），鲈鱼、棱子鱼、黄花鱼都可以做成鲜汤。沙光鱼具有两种属性，我私自觉得，它既可称海鱼，也可称河鱼（因为海边的河岔里、盐场的咸水库和淡水库里都会有），可能它最适合生长于这里吧。反正，在盐场，凡有水的地方，就有它。

沙光鱼汤的做法不复杂，在海州人来说，是家常菜，人人都会做。大致是，上鱼市买回几条鲜活的沙光子，越大越好。买回家现杀现做。不知道别人怎么做，我是洗好后，剖开，就不再过水洗了，否则会减少鲜味。另外，沙光鱼的内脏可以摘掉，鱼头、鱼鳃和鱼尾，不可摘除，留着提鲜。切成段子或整条下锅都无所谓。材料备齐后，煸一下（去腥紧肉），加适量的水，大火烧开，再小火熬制，待鱼肉松开，汤渐呈白色，再加适量的料酒和芫荽等调料，即可食用。值得注意的是，不可先放姜、蒜，更不能放酱油、醋（根据口感，可在碗里略放），否则影响鲜味和浓稠度。每顿餐桌上，如果来上一碗鱼汤，既开胃又能佐饭，是很高级的享受了。

沙光鱼汤延伸的吃法是用来下面（条）。我经常出差，全国各地的面食吃过不下二十种，北京的炸酱面，镇江的锅盖面，常熟的炒浇面，不一而足，特别是西北一带，面食的品种更多。但，西北地区的面食都是面好，在面上下功夫，汤却一般。锅盖面和炒浇面的汤已经很有特色了，特别是常熟兴福寺的炒浇面，浇头的品种多，汤也是熬制出来的，据说各家面馆的汤都有秘方，厨师们绝不外传。但我每每吃面时，总会想到家乡的海鲜面，什么籽乌面、鱿鱼面、海蛏子面、海蛎子面等，就是一般的清汤面，只要抓一把虾皮放在锅里，也是品质立现。而最好吃的还是沙光鱼汤面，那白而稠的鲜汤里，放适量的手切面，真是不可描述的鲜香可口，吃上一大海碗还想吃。读汪曾祺的小说《八千岁》，那个腰缠万贯的土财主八千岁，一年到头的"晚茶"只吃草炉烧饼而舍不得吃一碗干拌面。干拌面的材料也不过是葱花、猪油、酱油、虾籽等，我想，这干拌面也许比那草炉烧饼高明不了多少，要是干拌面换成鱼汤面——当然，更好是沙光鱼汤面，八千岁怕是也经不住诱惑的。沙光鱼汤刮的面鱼或下面疙瘩，也是海州地区很民间、很家常的吃法，都是那一锅鲜汤勾引的。

关于沙光鱼的童谣里，有一句"十月沙光赛羊汤"，是说十月的沙光鱼最肥美，营养价值也最高，据说女人坐月子，沙光鱼汤是催奶的好食物。沙光鱼汤能享受到和羊汤一样的待遇，绝非一般的鱼汤可比。

2018年4月清明小长假修订于秀逸苏杭掬云居

南窗书灯下

陶澍诗咏云台山

　　古代的官员，大部分也是文人，诗词文赋俱佳。这方面的例子太多，王安石、苏东坡等，能举出一大堆。

　　这里只说清朝的官员陶澍。

　　陶澍历任安徽布政使、江苏巡抚，直至两江总督，他数次来淮北（那时以淮河为界，称淮河以北的地方为淮北）巡视，也来过海州，而且不止一次。公务之余，陶澍和当地文人游山玩水，登高望远，和诗作文，吟联作对。即便是在回程或来时的驿道上，陶大人也常常会乘兴赋诗。一八三二年四月间，他从沭阳赶往海州的途中，禁不住诗情澎湃，先写了一首《壬辰四月二十三日沭阳道中》，其中有"问俗欣乘沭水春，落花飞尽树沿村"之句，说明春天已经过去了。二十四日早上，又有一首《晓发沭阳入海州》，诗曰："胸程东指马蹄催，晓露如珠上卖胎。古邑尚存龙且号，遥山多自马陵来。屏开锦绣霞千叠，海隔蔷薇水一杯。知是陈唐旧汤沐，九疑乡色望云台。"到了海州又怎么样呢，诗人真是诗兴大发，又有一首《海中道中》，盛赞海州的山水之美。

到了海州，陶澍安排了工作——主要是做了调查研究，陪同调研的不仅有地方官，还有盐官——到中正、板浦、临兴等盐场查看、访问。从五月间他上奏皇帝的折子中可知，这次淮北之行的主要目的是试行票引制度，在《请将淮北滞岸试行票引章程折子》（《陶澍全集》修订版，岳麓书社，2017年3月第二版）中，提出在淮北所辖盐场的中正、板浦、临兴三盐场改行票盐，并制定了十条具体办法。看来陶大人在海州的公务并不轻松。好在陶澍有个很厉害的幕僚，叫魏源，能揣摩领导的意思，更是能诗能文，所以，许多具体工作都放手给魏源来干。陶澍干吗呢？文人的习性，文人的情怀，又使他每到一地都喜欢和地方文人打成一片。诗文俱佳、才华横溢的陶澍，海州的文人当然早就知道了，特别是文人扎堆的板浦。其时，凌廷堪的影响还在，而许乔林正在海州书院山长的任上，有一大批好友和门徒，在地方上有相当大的影响力，也想尽各种办法接触陶澍。于是，有了四月二十六日的这次云台山的雅集。这天一大早，陶澍就在地方官员和地方文人的簇拥下，登上了云台山玉女峰顶，望海作诗，一口气写了《四月二十六日偕邹公眉、谢默卿，暨诸同事，登东海云台山作》四首七律，每首都精，其二云："石级层硪手历扪，刚如灵岳访天孙。山空一任云今古，潮远能回日晓昏。每怪齐人夸北海，浪传秦帝表东门。江河路奠朝宗水，可是鳌维此柱尊。"陶澍这次登山作诗，在随行的幕僚和陪同的海州文人中影响巨大，引来数百人和诗。后来许乔林把这些唱和诗编为一集，名《云台唱和诗荟》（又名《印心石屋诗荟》）。和诗者，不仅有官员邹公眉、谢默卿，也有许乔林这样的当地文人。

　　谢元淮此时的职务是淮北海州分司运判，主持盐务，他是陶澍在淮北推行票盐制改革的积极实践者。谢元淮也是文人，著有《养默山房诗稿》等书。这次登山，陶澍还有一个动议，倡捐重建海曙楼，亲题匾额，还创作并书写了门联，云："曙色正平分，听万籁无声，已觉人来天上；楼光开四面，看一轮初上，始知身在日边"。意犹未尽的陶大人，又作了《海曙楼铭》。但是，这篇铭文并不是陶澍亲自作的，而是他的幕僚魏源代笔的。魏源又是谁呢？这里可以多说几句，他是一八二五年被陶澍看中的。这年五月，陶澍从安徽巡抚任上调任江苏巡抚，虽然都是巡抚，级别一样，受重用程度却大不一样。江苏的粮食、盐务、漕运、丝绸等都是朝廷非常看重的资源。所以，道光皇帝在陶澍上奏的折子上做了重要批示，云："朕所以调任江苏省，观汝颇可干济，借资整顿。汝其实力实心，以渐而入。通省吏治民风，全系于汝一身。而用人，更为当事之急，勉之，慎之。"从这段御批可看出，皇帝对他既有欣赏，又有鼓励，甚至还流露出一点担忧。陶澍到任不久，即七月，和苏州布政司贺长龄去上海调研海运时，魏源正是贺的大幕僚，也参与了议事。就是在这次议事上，魏源的才华得到了陶澍的欣赏，在接下来的改漕运为海运的过程中，魏源一直是主要参与者，事实上已经成为陶澍的幕僚。在一八二六年海运取得成功后，陶澍主持编辑《江苏海运全集》时，魏源作了一篇《道光丙戌海运记》。一八二七年二月，贺长龄调任山东，魏源正式进入陶澍幕府，成为陶澍的佐正幕宾。魏源刚一到任，陶澍就命他代笔，作《复蒋中堂论南漕书》，说明河运的弊端，阐明海运之利。从此，魏源就一直任陶澍的幕僚，直到陶澍去世。魏源在任陶澍幕僚期间，不仅在政务上出谋划策，还为陶澍代笔不少文章。这次登云台山，陶澍已经升任两江总督兼两淮盐政了，魏源自然是随同大员了。这篇《海曙楼铭》就是他为陶澍代笔的代表作之一：

中国山川尽于东，而离照即生于东，天地所以成始而成终。故观天地之大于海，观海于日出，观日出于临溟峻极之山。所居高，则所见大。大则反其本矣。九能之士，登高能赋，山川能说，可以为大夫。而《礼》仲夏之月，君子则以居高明远眺望，岂非观圣人之道，必去耳目之近，而返从其朔者哉？

云台山踞东海中，其脉来自岱宗，故与日观峰对峙，又隔海为成山岛。则登莱斗，入大海，秦汉所祀日主处，为古"寅宾出日"之所。相望鼎立，而皆不若云台，四面际海，于观日出尤奇。其可无楼？楼其可无铭？铭曰：

　　日出榑桑，圣出东方。万物以昌，维百谷
王。

　　铭后还有跋文，曰："云台山顶有海曙楼，为望海观日出之所，久圮矣。余壬辰登山于此，但见荒崖一片，寸椽尺桷无存者，因倡捐选匠修之，以无忘名迹。道光十四年（1834）仲冬落成，因揭还旧额，两江总督使者、安化陶澍识并书。"这篇《海曙楼铭》虽然是魏源代笔的，但也算在了陶澍的名下，被收入《印心石屋文钞》里，而这篇跋文，却是名副其实地出自陶澍的手笔。壬辰（1832）四月二十六日这天无疑是陶澍极其开心的一天，他率众人在云台山雅集，少不了观赏许多风景，除了上述四首七律外，他被一株大松所震撼，情绪受到极大的感染，乘兴作一首《蟠龙丈人歌》，诗前有较长的序言，云："云台山三元宫西涧，有松一株，最奇，漱石枕流，荫满一山，相传三代以上物也。其松高可五尺许，围倍之。躯确甚，而顶平无所见，见二干……行且止，忽化为常山之蛇，作一丈围盘，缀尾如连环然。其南干，崛起穹窿如虹梁，大数斗，鳞甲琤玡，力辟万夫。忽袒而露其臂，再接再厉，重苗二枝：一东向，如拜舞状，跌宕自喜，若将饮于溪而昂于霄，无能羁勒之者；一南出而西顾，亭亭然如承露之盘，擎以仙人之掌。……层层掩映，而蜃楼虬户，若可仰数焉。……枝撑节附，面目殊特，始无分寸雷同者。而回环曲折，遥遥相应，忽起忽落，年东午西，大力盘旋，则又风雨离合，不可凑泊。按之仍一气呵成，不能不别其为株、为干、为柯叶也。余行天下山水窟中，所见多矣，未有如此松之夭矫离奇，变化不可思议者。惊喜之下，就呼为'蟠龙丈人'。揭石其旁，而声之以诗，庶为兹山发潜德之光焉。道光十二年壬辰四月二十六日。"从序中描述看，这株松树之奇之美，应该是天下独一无二的了。这首长诗，也写得好，诗曰：

郁洲之山滨海东，有松郁律蟠其中。蟠天蟠地蟠不已，势若老龙拔崖起。龙老颔且皱，此松尤鳞鳞。龙老牙而角，此松殊岳岳。上蟠碧落下蟠泉，晴空白日生寒烟。前蟠欲飞后蟠舞，飒飒周旋中风雨。问松自何年，烛龙未出扶桑前。蟠桃三千年一熟，此松卑之犹晚族。蟠李万叶森中州，此松视之亦部娄。苍然古心复古色，海屋近邻龙伯国。文章不露世已惊，之而漫作谁能刻。南阳抱膝吟，东海绳床心。子鱼握龊何足道，捧腹来此荒山岭。不羡大夫封，岂利大人见。在田在天跃亦潜，泰山顶上窥真面。我今为尔号，号尔曰丈人。即松即龙龙即丈，犹龙老子何其神。不然，十八公、岁寒友、苍髯客、支离叟，尔名多矣，于丈人乎何有？袍笏虽无米老呼，洞岩合遣灵咸守。重为告曰：龙之德也奇，松之德也常。以不常目有常，是谓至柔驰骋天下之至刚。世间不乏沈诸梁，勿投时好为虚张。噫嘻哉！松蟠蟠，龙矫矫，伏处能无变化心，长材肯作轮囷老。待尔深山行雨归，余亦田间思荷蓧。

关于这株蟠龙丈人松，《云台新志》的总修谢元淮在《云台十一松记》里说："天下之松莫奇于黄山，人所共知也。吾则谓莫奇于云台。云台之松奇矣，而最奇者凡十有一。又以西涧之龙松为最奇。龙松者，即宋徐仲车先生所谓东海大松也。"徐仲车即宋代诗人徐积，他所作的《东海大松歌》有这样的句子："东海有物天下雄，万灵勠力生奇松。天精地粹萃其下，沧溟百道来相通。一根直去穿九泉，一根斜插鲸鱼渊。远者压折巨鳌背，近者倒缠山根偏。小枝可就千钧弩，大者可挂万斛钟。"到了陶澍观松的时代，又过了几百年了，其松又惊动了陶澍并激发其诗情，也就不足奇怪了。同行的许乔林也写了首同题诗《蟠龙丈人歌》，但他的诗，不仅颂松，还兼颂了陶澍，将松、龙、人融为一体，诗云："龙乎非龙松耶松，诗笔如龙松亦龙。丈乃在此辈行古，不潜不跃东瀛东。作其之而簇寒碧，泽瞩安羡十八公！郁洲一蟠四千岁，后天不老开鸿蒙。亚枝蜷曲龙行空，衙衙掉尾榑桑红。渴饮西涧垂晴虹，骈柯耸秀迎高春。承蜩抱瓮殊龙钟，俯看万朵青芙蓉。或如连环或祖臂，箭蓼四荫何纷溶。巨灵高掌偓佺笑，华严楼阁飞玲珑。贯四时能不改色，支离古貌偏为容。风作龙吟雪龙卧，锦苔攒甲霜团鬃。化为龙树栖琳宫，寸鳞尺爪无一同。不落窠臼超樊笼，磈砢多节奇而庸。道光壬辰夏四月，长沙少保登青峰。……非公不能传此松，松名蟠龙诗犹龙。"许乔林的诗选取的角度独特，写出了陶澍观松赋诗之事，并予以了赞颂。但是，这株大松终究还是毁于人祸，于光绪二十五年（1899）宝应的香客在树洞里烧香引起大火，这株三千多年的古松化为灰烬。据说在民国期间，吴铁秋著《苍梧片影》时，有人还去寻访大松遗迹，看到过陶澍所题的"蟠龙丈人"碑及用于烧香的香炉。吴铁秋的朋友魏鹭西闻之此事后，写了首《吊蟠龙丈人》，诗云："泥蟠盖偃老苍鳞，名应星垣说丈人。三代精灵销劫火，廿年经过惜樵薪。丰碑大字题仍在，夜雨空山梦已尘。惟有九龙桥畔水，呜呜咽咽为伤神。"九泉之下的陶大人怎么也不会想到，他高歌礼赞的蟠龙丈人松最终会是这样的结局。

再说一八三五年四月二十三日，陶澍重来海州，重登云台山，又留诗一首名为《乙未四月二十三日重登云台山》诗云："又踏金牛顶上行，海风飞舄上蓬瀛。蛟龙瀑外晴犹挂，鸡犬云中夜有声。为访仙人寻旧榻，喜偕词客证初盟。长松迤路三年别，却笑公髯雪已盈。"陶澍这次来海州，还看了不少地方，宿城的仙人屋也去了，并有题诗和诗序，在《题海州宿城山仙人屋》一诗中的序言云：

"法起寺北，有瓢崖洞，石窍嵌空，方广若堂奥。有门、有窗、有案，洵天巧也。因名之曰'仙人屋'，系以四绝句。道光乙未四月二十六日。"诗曰：

> 奇石立空青，悬岩泻飞瀑。
> 白云来往间，中有仙人屋。

> 屋好揭云窗，琳宫玉女房。
> 傥令阿母见，应识小东方。

> 琪草出林香，茯苓和露煮。
> 万古此深山，石床不知暑。

> 琴弹风入松，潭冷龙欲起。
> 借问仙者谁？楼上华阳子。

这四首诗，现在的仙人屋里还有石刻在，文字略有差异。游了仙人屋，又去留云岭，并作《海州留云岭》一首："为霖四海心，处处望云驻。仙山海气深，此是留云处。"此外，《陶文公年谱》里，还录有一首《题海州鳌山诗》，诗云："地本瀛洲近，城应戴巨鳌。凭将论五色，一钓海天高。"此诗也引来海州诗人的大量和诗，其中一首"峰头龙节驻，白虎变金鳌。得意应昂首，榑桑晓日高"为佳构。

陶澍几次来海州，不仅留下不少诗文，还题有数副对联。除前文提到的海曙楼联，还有不少，题《海州云台山三元宫》联，云："海甸涌名山，烟复云回，位业真灵参五岳；洞天开福地，阳舒阴雪，馨香瑞应启三元"。《题海州云台山关帝庙》联，云："义气干霄，近指白云开觉路；威声走海，遥凭赤手挽洪流"。《题海州云台山九龙将军庙》联，云："倚树论功名，爽籁流声清涧壑；在田占利用，甘膏洒润普桑麻"。《题海州云台山九龙桥茶庵》联，云："云水漫匆匆，半日闲谈僧院竹；海山还历历，一庵同吃赵州茶"。《题海州云台山水帘洞》联，云："百丈水帘，自古无人能手卷；一轮月镜，迄今何匠敢行磨"。另外，据彭云先生在《海州乡谭》所载，陶澍在云台山东垒延福观还题有一联，云："奇石似人花下立，仙人如鹤竹间来"。

值得一说的是关于陶澍的另一项大工程，即《陶文毅公全集》，也和连云港人有关，用时下的话说，该书的主编就是时任海州书院山长的许乔林。许乔林可以称得上是陶澍为数不多的文友之一了，虽然二人级别相差很多，但陶澍对许乔林的才华还是很欣赏的。许乔林对陶澍的诗文也很熟悉。所以，在陶澍去世的第二年，许乔林就张罗刊刻了《陶文毅公全集》，并写了《缘起》，在《缘起》中说："右《陶文毅公全集》六十四卷，恭录恩纶于简端，末附建祠原奏及行状、碑志，总六十六卷，凡八十余万言。淮北市民公刊，乔林任校字。"许乔林还大加赞颂了陶澍对海州一方水土的关爱："维公深仁厚泽，遍洽三江，而淮北尤敢再造。既祀海州儒学，复建专祠于板浦，壮丽甲于江淮。"

　　明年是陶澍240周年诞辰，写这篇拙文，一来是对陶澍的纪念，二来，也想以此来引起海州人对陶澍的研究。

2018年5月26日初稿于海州花果山下秀逸

苏杭荷边小筑

河流的秘密

亲爱的，我永远也不会对你讲

河水为什么这么慢慢地流淌。

　　这是西班牙诗人加西亚·洛尔迦的诗句。看起来平常的诗句里，却蕴藏着难以回答的问题——河流为什么如此缓慢？是出于内心的疲惫，还是出于情感的焦虑？是逆来顺受的姿态，还是酝酿反抗的预兆？是河水昏昏欲睡顺流而下，还是河水运筹帷幄急待暴发？是无法承载污浊之重，还是幻想清流再现之美？我不知道。我相信河流也不知道，河流边的堤岸也不知道。

那么有谁知道？

连云港是一座水网密布的城市。这话听起来不对劲，因为从来没有人说起过。

事实是，正是水，托起了连云港，养育了连云港，滋润了连云港，也成就了连云港。且不说港口因水而兴，也不说历史上繁忙的盐业生产——那可是真正"水做的骨肉"啊，只说流经区域的河流，横横竖竖贯通城市的就有好几条。而城区新浦的来历，也和水有着不解之缘。

"浦"，《辞海》上说是"通大河的水渠"。其他辞书上的解释也有"濒也""水边或河流入海的地方""大水有小口别通曰浦"等多种。地方志书在"浦"的记载方面，也有其专门的记述，《隆庆海州志》《康熙海州志》《嘉庆海州直隶州志》等书，都把"浦"列为"海州诸水"中。如《嘉庆海州直隶州志》把"温水河"也放在"浦"里，并加注"此河为小水，故次于东海诸浦之间"。

那么，志书中，对"东海诸浦"又是怎么解释的呢？"浦"有四个特征：一是"上无源头"，二是"下通海潮"，三是"便鱼舟盐舶"，四是经过人工疏浚。《嘉庆海州直隶州志》记载："社林浦，长十五里，阔三丈，深五尺"；"栖云浦，长五里，阔三丈，深七尺"；"台浦，长五里，阔三丈，岸有石墩如台"。从这些记载看，过去连云港之"浦"，实际上，就是沿海滩地上，那些没有正式源头的河塘，随着季节更替，河塘里的水或深或浅，并各自独立，成为排泄的沟壑或小水系。若干年后，这些水系经过盐民、渔民、船民的加工、疏浚、连接，成了运盐航道和渔船停泊避风之地。这些经过加工、疏浚、连接的河道，就有了一个一个上述关于"浦"的名称，如大浦、板浦等，并渐渐地以河名替代地名。而新浦也是在这样的背景下出现的。

最早出现"新浦"字样的，是《嘉庆海州直隶州志》，该志书在《甲子河记》里提到了"新浦口"。新浦口，实际上就是新浦河的入海口。

至此，我们已经明白了，原来，新浦的前身是一条河。

新浦由河名成为市镇地名，是经过了若干年的演变的。

新浦发展速度最快的时期，当属成为通商口岸之后，也就是二十世纪初叶的那段时间。商人和小贩在新浦河沿岸填滩圈地、垒院盖房，后来新浦天后宫创建，新浦街才初具市镇的雏形。现在的民主路洋桥巷、后河底一带，还有些许一百年前的遗痕。

而穿城而过的一条条河流和河边码头呢？

西盐河和龙尾河之间，解放路以北，民主路以南，原有一条重要的河道，名曰前河。前河曾经是条非常重要的商业河道，两岸遍布码头。从前，上海、天津、青岛来的商船，经大浦河进入龙尾河，再进入前河，就算是靠埠了。

和前河相对应的，就是后河，后河在如今的陇东火柴厂前边。

这两条曾经商船往来不断的河，如今已经消失了。在原有的河道上，前者改作市化路，后者西段改作后河路，东段不见踪影，河道遗址上筑起许多低矮的平房。

和前河、后河命运相似的，还有临洪河、南大河、扁担河等河流。据各种史料零星记载，新浦消失的大小河流不在十条以下，它们曾经是城市的命脉，曾经给这座新兴的城市带来繁荣，带来活力，带来财富。

近三十年来，这座曾经水上的城市，还保留着几条重要的河流，市区有龙尾河、东盐河、西盐河、大浦河、排淡河、玉带河等，和城市若即若离的还有烧香河、蔷薇河、运盐河。这些河流依然静静地流淌着清冽的河水，滋润着两岸的稼禾，养育着远近的生灵。

有幸得很，我生活和工作的地方，就紧挨着这些河流。

那流动的河水，经年累月，就像我身上的血液，存储在我的体内，存储在我的记忆里，如影相随——

一条条长堤下，一排排意杨林里，长长短短、宽宽窄窄的河流就隐藏在这里，它们是林子的一根根脉络，它们给林子送去营养，林子也给它们注入甘露。林子和河水相依相偎，融为一体。而河水流到田里，干渴的庄稼就张开了嘴巴。

我熟悉这些河流，深深浅浅、纵横交错的河流，是我每天都要面对的。我们在这些河流里游泳，在这些河流里嬉戏。河真长啊！它们是从哪儿流来的呢，都流经了哪些地方，才流到我们家后的呢？我和玩伴们会坐在河堤上，看着上游不断流来的河水，心却逆流而上……

那时候还有帆船，白帆，一片片的，远看很美，近看，帆上补了许多补丁，颜色也深浅不一，历经许多风雨。船家在船上洗衣淘米，在两船相会而过时，也大声地说着什么，问一些家长里短的事。他们操一口好听的外地口音，在我听来，已经是很陌生、很遥远了。我们在河边追逐白帆，听他们说笑，学着他们说话。有一次，我们捡一把黄豆秧，捉几只草婆，跟船家要火柴烧黄豆吃。一个正在船头喝酒的汉子，把火柴扔给我们。我们赶快点上火，再追上船家，把火柴扔还给他。火柴没有如预料的那样飞到船上，而是落进了河里。我们惊慌地看着船家，对方却哈哈大笑着，说，上来剋一杯啊？我们只说剋架，没听说酒也能剋。于是，我们学会了剋一杯，学会了剋饭。

有白帆行走的河，就是蔷薇河。

从乡村来到城市，我依然没有离开蔷薇河。初来城市的年代，我们经常到蔷薇河边散步，我想着，这河，是从我家乡流来的，或者，曾流经我的家乡。我曾在这条河里欢闹，曾在这条河里捞鱼摸虾，曾在这条河里追逐嬉戏。但是，我也知道，在离下游很近的地方，就是入海口，河水不管在什么时代，流经什么地方，它都会在这时候，完成一段使命，而紧接着去完成另一段使命。

当谈着沈从文，谈着郁达夫，谈着萧红和丁玲的时候，我对他们充满敬意。我突然有一个不恰当的比方：大师们的作品很像这些河流，从很远的地方流来，流过漫长的光阴，流过深藏的记忆，浇灌着河两岸的庄稼，也浇灌着一代代人的思想。

那么，我对这条河也充满敬意。

如今，我还常到河边散步。河岸有茂盛的水草，河水倒映着意杨高大的影子，有野鸭和水鸟在河中自由地嬉戏……其时正是黄昏，河水泛着淡金色。多么亲切的景色，我仿佛回到童年，想起河岸边烧黄豆的青烟，想起那一盒火柴，想起童年的梦……

有六七年时间，我每天数次行走在一条河边，确切地说，是和河平行的一条路上。这段路有两千米，或者更长。河边成片地种上绿茵茵的观赏草和一棵棵高大的绿化树。河沿的栏杆是大理石的，紧挨大理石栏杆的是一棵棵随风飘荡的垂柳。我在河边行走，柔软如丝的垂柳不时地轻拂着我，跟我亲切地打着招呼，仿佛让我关注它的四时变化。河水已经被护河的块石挡在了河槽里，似乎受到了某种约束，它是否快乐，是否愤怒，是否安于现状，我们不得而知——探究这点，显然有些愚笨，但又不由得去探究。事实上，对于我们身边的河流，在一般情况下，我们是忽略它的。一是忽略它的存在。比如河名，它重要吗？二是它的作用。灌溉？泄洪？行舟？都不是，那么它也就可有可无。通常是，河，河水，河边，河对岸，这是人们对河的基本定义和基本概念，也可以说是一种态度吧。

但河流就是河流，它的存在，就像一个磁场。

河水不甚好，不能说清澈见底，但也不是污流浊水。河边的岸石上有绿色的青苔，石缝里挤出葱翠的杂草，水里也有微生物。水面如镜，可以倒映两岸的景色。河面上偶尔会有一些漂浮的杂物——不要紧，那条小船划来了，船上两人，船头站立者是个头扎红色方巾的矮个子女人，她的年龄是个谜，因为你无法看清她的面目——方巾把她的脸遮住了一大半，她的注意力集中在水面上，集中在那些漂浮的杂物上。她手里有一只长柄的漏勺，小船驶过时，她的漏勺左边一舀右边一舀，那些漂浮物就老实地待在她的漏勺里了。小船中间的船舱里，堆着她捞上来的杂物。船艄呢，是一个划船的男人，他脸色黝黑，也是不高的身材，两条胳膊短而粗壮，划船很有力量，也很灵活，能准确地把小船划到漂浮的垃圾附近。与清理垃圾的小船相映成趣的，是一些捞鱼虫的人，他们手里也有一个漏勺，他们身边小塑料桶的清水里，是精心捞上来的鱼虫，这些小小的水中生灵，不久后就成为金鱼们的饵食了。

有他们在，河水不愁清澈不起来。

我突然想起数年前，同样是这条河，也同样是这条路，行走在河边路上，常常是要掩住鼻子的——对于那些敏感的年轻女孩，你不能苛责她们的娇气，河水的确太臭了，你用什么样的形容词都可以。河水有时候是黑色的，有时候是绿色的，那是因为河水发酵了。河面上的垃圾，乱七八糟，五花八门，油污、菜帮、西瓜皮、死老鼠、破皮鞋、避孕套、草席和棉胎，这些垃圾不像是漂在水面上的，而像是堆积在水上，沉不下去。水里汨汨地冒着气泡，那些臭味就是通过气泡融进空气里的。两边的河墙上，有无数个洞口，那些像马蜂窝一样的洞口，仿佛和这条河结下深仇大恨一样，一股脑儿地向河里吐着脏水。又仿佛相互攀比着各自的能耐，各个洞口吐出的脏水也不尽相同，有的是白色的，有的是黑色的，有的是黄色的，有的是绿色的，还有的根本说不清是什么颜色，腾起一团一团白色的雾气。

这是河流吗？恐怕只能担一个河流的名称吧。

这样的河流会刺疼你的眼睛，也会刺疼你的心灵。事实上，河流自己的眼睛已经被无情地刺疼了，河流的心灵同样在接受着痛苦的煎熬。

关于这条河，有一个段子，说一个年轻的女子，因为什么解不开的心结而欲轻生，她选择投河来结束生命，让流水带走她的身体也带走她的灵魂，让流水把她带进浩瀚的大海。但是当她在河边徘徊的时候，她犹豫了，恶臭的河水太让她恶心，她干净的身体不想被这样的河水而玷污。一个欲结束生命的人，一个对生活绝望的人，尚且如此，何况是与河水朝夕与共的两岸居民呢。不过，河流在挽救生命这个意义上，算是做出了贡献。

我很抱歉，叙述了这样一条河流。如果这条河流有性情、有心灵、有思想的话，我不知道它会怎么想，它会用什么样的眼光来审察、看待人类。它能承受得了人类这样无休止的折磨吗？

终于，河流暴怒了，那不过是它正常的生理反应，两岸居民就此遇上了几乎是灭顶的灾难——那年的洪水没有一点迹象，一夜间就漫过了街道，漫进了人家的客厅。当人们想起河流的时候，想起河床应该带走街道上没膝深的积水的时候，人们已经分不清是河道还是街道了，整个城市一片汪洋。当泛滥的河水终于退去，留在人家的院子、厨房、客厅里的，是木屑、塑料袋和其他一些莫名其妙的垃圾。一些经历过五十年前河水泛滥的老人，不无苦涩地说，那时候，河水退去，留在堂屋里的是一条条大鲤鱼、大鲢鱼，至少还有几条"小麦娘"，可以饱餐一顿。现在呢，留下的是什么？

也许只有这样的时刻，才能唤起人们的警觉吧。也许只有这样的时刻，才能唤起人们对于河水的思考。

河流没有秘密。河流的秘密就是人类自己的秘密。

好在我们终于看到了浊流变清的时候。

2005年4月26日投入运行的大浦污水处理二期工程，其污水处理能力达到每日十万吨二级处理。建成苍梧绿园、人民公园、海宁中路等九座污水提升泵站（另有三座在建），城区污水管网达到八十多千米，绝大部分新海城区城市污水进入大浦污水处理厂，污水处理率达到85%。

在河边散步的人有福了。那清澈的河水，绝对配得上河岸的青青绿地和成行的岸柳；那清清的河水，也让散步、打拳的老人们仿佛年轻了十来岁。如果适逢节假日，河墙上灯光齐放，河水更是五彩缤纷、光怪陆离，河流里仿佛藏着无数神秘的精灵，装扮着节日的气氛。

当晨风吹过，或夕阳唱晚，河边晨练的人们啊，你可听到河里响起的蛙鸣？

2008年6月20日

苏马湾的变迁

连岛的"湾"，有好几个，著名的是庙后湾和苏马湾。

最初认识苏马湾，是因为一块石头。那还是二十多年前的事了，一个在连岛上做基层文化工作的朋友老杨带着我们去看一块刻石，说博物馆的人已经来看过了，很有文物价值。

通往苏马湾的路极不好走，走山路是行不通的，虽然有守岛战士早年修的简易公路，但公路通不到海边。虽然近在咫尺却异常险峻，不但有密不透风的灌木，而且悬崖峭壁和怪石嶙峋也让人心生寒意，加上轰轰的涛声，根本无法接近。而这块石头，又时常半淹没在海水里，不是轻易就能找到的。所以，我们从东连岛的一个小码头乘船先去苏马湾东边的羊窝头，然后再设法去苏马湾。

与其说这次是带有一点文化意味的采风，还不如说是一次探险，因为苏马湾在连岛的北侧，这里的大海一无遮拦，水深，浪大，涛急，海流紊乱，小木船几次靠上岸边，又被急流和旋涡打了回来。几个回合过后，我们身上就被海水打湿了，似乎是对我们的警告。好在我们请的船老大是个弄船的好手，他教我们在浪把小船拥到岸边的一刹那，立即往岸上跳。但我们还是错过几次机会，因为就在靠岸的瞬间，急速的回浪又把小船给赶了回来，而且在剧烈的颠簸中，我们根本站立不稳。如此反复地和海浪较着劲，我们终于还是瞅准机会，跳到了岸边。

在被海水浸泡了无数年的礁石上，我们终于找到了这块已经被海水和海风侵蚀得难以辨认的石刻了。好在隶书的字迹还算清晰，我们看了半天，也只认得"东""界"等字。

老杨告诉我们，这块刻石已经经文物考古部门的专家考证过了，是一块西汉时期"东海郡与琅琊郡的界域石刻"，有较高的历史文献价值。

我们不是考古工作者，对于这些历史的遗存只不过是好奇而已，我们感兴趣的，还是离我们很近的苏马湾。

我们在沿岸的礁石上手脚并用，往苏马湾进发。在我们的脚边，是浪花飞溅的大海；在我们的头顶，则是碧绿的灌木丛林，不时有青翠的树枝和粗壮的青藤倒挂下来，那些绿，像阳光一样刺眼。我们边走边赞叹，没想到在山海相接的地方，还有这么一片保存如此之好的具有原始风味的森林。

苏马湾到了，这里又是另一方仙境。二三百米长的环曲形的海湾呈月牙状，狰狞的岩石和陡峭的山体仿佛要配合这一湾的海滩，到了这里，也变得平缓而随和起来，海浪也很有层次地涌来，轻轻地吻着金色的沙滩。远看，海水碧蓝如天，那蓝越来越浅，渐至近岸，就成碧清乳白色。老杨对这一带显然很熟，他指着海水的变化，说，由深蓝到浅蓝再到青白，说明这是一湾缓滩，周围山上的生态又好，将来有可能可以搞个海滨浴场，只是太闭塞了，交通不便……可惜这块风水宝地了。

尽管可惜，我们还是情不自禁地为有这样一湾沙滩而激动着。

苏马湾海滩的上方是低缓的山腰，虽丛林密布，但感觉翻过去并不难。

当然不难。老杨说，山那边还住着不少人家呢。

在老杨的带领下，我们钻进了密不透风的森林。

山体完全被绿色覆盖，草和低矮的灌木，又密又厚，野山菝、大米花这些熟悉又好看的植物也招摇地生长在它们中间，野山菝果是青果，大米花是白花，和那些叫不上名字的红的、黄的、紫的花一起，散发着浓浓的香味。高大的黑松林透不进一丝阳光，随处可以见到古藤，细如拇指的，粗如碗口的，在林间缠绕、延伸。这些古藤，有的有数百年岁龄，还有一些的树龄甚至达千年以上。在一块慢坡上，更是生长着稀有而昂贵的野生药材蔓荆，正开放着一串串淡紫色的唇形花朵。

身后的涛声渐渐远去，我们爬到了山腰上，放眼一望，远处又是另一番景象——来往穿梭的货轮，隔岸繁忙的港口，吊塔也像森林一样立在码头上……

转眼间，到了二十世纪九十年代初期，弃文从商的小说家刘放在"失踪"多年以后，突然出现在朋友们面前。他带来的消息如轻风拂面，让人赏心悦目。原来，他搞了一个海滨浴场。对他的话，我们或多或少还是有些怀疑。刘放好像要证实他是一个诚实人似的，立即邀请我们到他的海滨浴场采风。

于是我们一行作家朋友，在刘放的吆喝下，坐上了一辆破旧的白色面包车。

这时候的新墟公路还没有修好，新浦通往墟沟的路，还是一条起起伏伏、布满大小坑塘的柏油路，面包车在这条路上左歪右晃，快两个小时才到墟沟，从破败的墟沟街穿过，直往港口开去。到了连云镇，找地方停好车，在刘放的带领下，我们步行来到海边一个小码头，正好一条小木船靠在岸边，有不少当地女人从船上下来。她们头上戴着不同颜色的方巾，有红的、黄的、蓝的，色彩非常艳丽，手上都拎着一个小篮子，篮子里有一只大瓷碗或一个小铝盆，白白的海蛎子就放在盆里。原来她们是到对面连岛上敲海蛎子的，这时候快中午了，该回家做午饭了。不知谁，第一个跳上了小木船。船老大"嗨嗨"两声说，干什么干什么？刘放挤过来，说，老大，把我们送到连岛上，给你五块钱。船老大并不老，一个中年人，他干脆地说，五块钱谁送。刘放像是知道他的底细似的，说，反正你也是连岛人，不送我们你也得回去，顺便挣五块钱，还咬你手啦？船老大知道遇上熟道了，只好说，上吧上吧。

这是一条机动小木船，一台灰不溜秋的柴油机固定在船艄，老大掌着舵，"突突"地往对面的连岛开去。

小木船在大海上，显得非常轻飘，看似平静的海面，却涌动着巨大的浪潮，小木船大幅度地跳跃着，好像用着很大的力气。我有点担心，要是柴油机出了故障突然熄火怎么办？小木船上可没有应急的工具啊！我猜想同船的几个人和我有着同样的想法吧，大家都屏息敛气，神色凝重。

小木船好歹靠上连岛的小码头上了，大家都松了一口气。其时天色已正午，阳光特别扎眼，我们又是车又是船的，早已经人倦马困。刘放说，先不忙下海游泳，喝两杯再说！

刘放领着我们上岛。

路都是石头铺的，七拐八拐的山路，路边零星散落着人家，也是石头垒的房子，石头垒的院墙，门口堆放着渔具、柴草垛和垃圾。走过一个稍微大点的平台，看到"连云区连岛乡政府"的牌子。从乡政府门口经过，刘放把我们领到一户人家的门口，他大声地喊着什么，有人在屋里应了一声。

这时候，我们闻到了饭菜香，还有鱼腥味。

原来刘放早就安排好了。那天有虾皮炒青菽、一条大支鱼，还有水煮香螺等一大桌海鲜，自然也喝了不少酒。

酒足饭饱后，我们来到连岛海滨浴场。这是连云区要开发的项目，我们在报纸上都看到了。此时的连岛海滨浴场显然还是初创阶段，设备简陋，游人稀少，白花花的沙滩上显得十分空旷，唯一引人的，就是穿梭在海面上的一条小艇。

海风很大，海浪很急，我们来到海边，有管理人员不许我们下水，说浪太大了，不安全。我们本来就没准备下水。我们都等着刘放拿出他的什么宝贝。因为从喝酒开始，我们就问他关于海滨浴场的一些讯息，他一直是微笑着，含而不露，装得很神秘。而我们知道，这连岛海滨浴场，和他个人是毫无关系的，莫非他承包了海滨浴场？可能性也不是太大。

就在我们生疑的时候，那条在海上穿梭的豪华小艇，"嗖"一声停在我们旁边，驾艇的汉子光着被晒黑的上身，露着白牙对我们笑，跟我们挥着手臂。

这不是颜廷君吗？不知道谁说一声。

是啊，不是颜廷君是谁，这个家伙什么时候玩起了快艇！我们都惊喜地跟他挥手。

上来！颜廷君大声地喊着。

刘放说，上！

刘放第一个脱了鞋子，把鞋子扔到快艇上，卷着裤脚就下水了。我们跟着刘放一起爬上了快艇。

颜廷君驾着快艇，风一样在海上飞驰，绕了一圈之后，又拐过一个山嘴，把我们带到一个幽静的海湾。颜廷君让快艇熄火，任其在海上荡漾，其实他是让我们静心观赏眼前这道美景。是啊，这真是一个美妙的所在，一湾碧水，一座青山，一方静静的海滩……

这不是苏马湾吗？我大声地说。

刘放笑了。颜廷君也笑了。

这就是他们的"宝"。

船上的作家们显然也被眼前的景象惊呆了，他们也没想到，在连云港，在孤僻的海岛上，会有这样一方净土。刘放说，我准备在这里搞一个高级度假区，山上的路也不去修它，要上我这里来度假休闲，必须从海上过来，所以，还要有一艘豪华游轮，今天请各位作家来，就是想请大家出出主意，听听大伙的意见……

2001年夏天，连云港青年作家读书班在连岛电力大酒店开班。这时候的连岛，已经和十几年前的连岛有着天壤之别了。拦海大堤通车以后，连岛突然间变成了旅游胜地，每年都有许多外地人来这里旅游度假。各种形态的度假村、度假旅店、高中档饭店有数十家，环岛公路也修得明光锃亮，观光车环岛开过，可以尽览迷人的山海风光，海滨浴场更是功能齐全。

青年作家读书班选在这里，也是看中这儿幽雅的环境，让作家们在读书研讨的同时，放松一下心情。

白天读书研讨之余，作家们会三三两两地结伴去海边散步、交流，听大海的涛声，观美丽的海潮，赏绿色的植物，交流读书的心得，探讨写作的经验。他们或过连岛海滨浴场，沿着海边的栈道，直抵苏马湾；或顺着山间公路，徐徐散步。

走在连岛海滨浴场通往苏马湾的栈道上，不但可以饱览浩瀚的大海风光，还可领略弯曲海岸上的嶙峋怪石。这些怪石，都是受潮水的侵蚀，形成堆垒重叠的岩石，或断或续，断续相连，移步成景，鬼斧神工。在这一千多米长的栈道上，有数百个千奇百怪的海蚀奇观，说是一座天然的"海蚀博物馆"，一点也不夸张。你看那高大而细长的"竹笋石"，像成片的丛林，又像雨后的春笋；还有布满海蛎壳的"雪花岩"，恰似珍珠镶嵌；至于"金刚石"的狰狞，"鸡雪石"的神似，"山羊观海"的酷肖，"仙人桥"的飞架，都是栩栩如生，令人叹为观止。

走在这里，山拥着你，海抱着你，风亲吻着你，森林绿草向你招手，小鸟啾啾向你问好，这难得一见的山海自然风光，如今融入了奇妙的人文景观，更显得和谐协调，仿佛上天赐予的精灵。

——苏马湾山坡上的丛林中，建起了一座座别致的树皮小屋。这是休闲度假人的栖息地吗？抑或是情侣们的爱巢？不管是谁，只要有心情住进树皮小屋，都会领略到不一样的山海情怀，可以听海浪的轻轻絮语，可以在沙滩上沐浴月光……

苏马湾变了。

苏马湾不再宁静。

苏马湾不再原始。

从月落乌啼，到晨曦初上，苏马湾不再有清梦；从晨曦初上，到月落乌啼，苏马湾不再有宁静……

想起我第一次来苏马湾，那时苏马湾还是一个封闭的海湾，一切都是原始的，是无人问津的处女地。十多年前，作家刘放、颜廷君信誓旦旦地要开发苏马湾，但由于人力所限，资源所限，主要的还是整体开发受到限制，他们的构想只能存在于萌芽中。但是，他们无论如何也没有想到，苏马湾如今已大不一样，除了山上的古藤老树还依稀可见当年的原始和苍茫，其余地方已经处处充满了人工的痕迹。

这里值得一提的是，在苏马湾里，又发现了一块西汉的石刻。这块石刻和羊窝头的那块不一样的地方是，因没有受海水的直接侵蚀，字迹清楚，容易辨认："东海郡朐与琅琊郡柜为界，因诸山以南属朐，水以北属柜，西直况其，朐与柜分，高顶为界，东各承无极。始建国四年四月朔乙卯，以使者徐州牧治所书造。"

两块刻石的发现，其意义非同寻常，它不仅是西汉新莽时期的界域分划、研究古代地理的重要文献，同时，仅在书法和文字沿革上，也有着重要价值。因为在中国书法史上，西汉时期往往被忽略，主要原因就是缺少资料。其实，这段时期正是书法艺术空前繁荣的时期，是中国书法由篆书向隶书、草书转化的时期。从篆书到隶书的演进是汉字发展史上的一次大变革，从此汉字走上了笔画简化和字形定型化的道路，汉字进入了新的发展阶段。所以说，两块界域石刻的发现，给苏马增添了更为神奇的一笔。

参加读书班的学员中，有一位作家书法家。他看到掩蔽在苏马湾半山小径之侧的界域刻石，简直被陶醉了，禁不住抚石咏叹，连称国宝。

晚上，读书班全体学员在苏马湾举行了月光晚会。

那真是一个神奇之夜啊！

风声，涛声，月光，树影，沙滩。

夏夜的海风，总是特别的，有一些凉，有一些爽，有一些稠。二十多个年轻的写作者围坐在沙滩上，在不断传来的涛声中，畅游在文学的海洋里。他们交流着读书的心得，朗诵着新写的诗，跳着快乐的舞……

遥想二十多年前，连云港还没有一个正经的海滨浴场。奔腾的海洋，翠绿的群山，是大自然对连云港人的恩

　　　　　掬云偶拾·陈武随笔

赐。那时候的人们，还只是生活在生活中，大海不过是大海而已，有鱼，有虾，有蛤蚌，可以养海带，可以养紫菜，可以载舟，也可以覆舟，对于"休闲""度假"一类时髦的词还很陌生。几度风雨，几度春秋，如今，在连云港金色的海岸线上出现了许多个海滨浴场和旅游度假区，谁知道这是时间的推进，还是人们观念在变化？

2008年6月16日

花果山上听鸟鸣

翻飞多好鸟，婉转弄芳辰。听花果山鸟鸣，最好是在春天里。

花果山林深叶茂，很适合鸟类栖息。"鸣声叫彻晨空，令人如醉熏风。"在草木葱翠、百花怒放的春天，婉转悦耳的鸟鸣是花果山一道独特的景观。如果你在春天的早晨悄然走进林间，品评奇花异木飘散的自然的芳香，聆听百鸟齐鸣的如歌的吟唱，你便仿佛置身于鸟类的乐园、交响的世界——

晨光熹微，红尾鸲抖动着浅红色的小尾巴，在树枝上东跳西跃，一面啄食昆虫，一面放声歌唱。在红尾鸲的唱声中，长着橘红色胸羽的红胸鸲也醒来了，它也发出银铃般的鸣叫。在早晨明媚的阳光中，树莺、燕雀、太阳鸟等也叽叽喳喳地加入了这个合唱队。在百鸟争鸣中，瑶草奇花不谢的花果山呈现出一派鸟语花香、生气勃勃的景象。

古今中外，骚人墨客，为鸣唱的鸟儿吟咏过无数感人的诗篇。雪莱写过《云鸟曲》，古印度史诗《摩诃婆罗多》中也唱出"无忧树花果装饰枝头，怡人心灵呵鸟儿啁啾"的咏叹。孟浩然的"春眠不觉晓，处处闻啼鸟"更是脍炙人口、妇孺皆知。白居易也有"耳聪心慧舌端巧，鸟语人言无不通"的诗句。能歌善舞的黄莺更是博得古人特别的赞誉，有诗道："剪刀谁与舌，珠玑合为音；为传幽谷意，如见故人心。"陆游的《鸟啼》里也有"野人无历日，鸟啼知四时"的名句。

花果山上的百鸟争鸣，我们先从喜鹊说起。喜鹊自古以来就受到人们的欢迎。《西京杂志》里说"干鹊叫而行人至"，因此，民间流传着"喜鹊叫，喜将到"的说法。"鲜鲜毛羽耀明晖，红粉墙头绿树林。日暖风轻言语软，应将喜报主人知。"（宋代欧阳修）"马蹄踏水乱明霞，醉袖迎风受落花。怪见溪童出门望，鹊声先到我山家。"（元代刘因）这两首诗更把人们对"喜鹊报喜"的心情抒发了出来。

也许是花果山得到《西游记》里各路神仙的点化吧，一直生活在长江以南的红嘴相思鸟近年也出现在花果山的密林中。相思鸟的翎毛华丽多彩，叫声清脆。与此类似的，还有外形秀丽的金翅雀。金翅雀成群结队地上下翻飞，犹如起伏不定的波浪，一边飞翔一边鸣叫，声音仿佛悠扬的女低音，柔声细语，音韵曼妙。而黄莺更像是欢乐的林中公主，在清晨、中午、黄昏的绿树丛中穿梭飞行：或金光一闪，转瞬即逝；或扇翅腾起，点点星星，艳丽悦目；或双双戏逐，绕树飞舞，此唱彼和。

这种黄莺，又叫黄鹂，自古以来就是文人学士雅颂的对象。"打起黄莺儿，莫教枝上啼"，这是古人的诗句，杜甫更是有歌颂黄鹂的名句："两只黄鹂鸣翠柳，一行白鹭上青天。""映阶碧草自春色，隔叶黄鹂空好音。"梅尧臣的《闻莺》诗描绘得更为形象："最好声音最好听，似调歌舌更叮咛。高枝抛过低枝立，金羽修眉墨染翎。"是的，黄鹂正是由于体态优美，擅长歌咏，而成为历代文人墨客"借鸟抒情"的主要对象。"莺歌燕舞"历来在人们心目中就是美好事物的象征；"千里莺啼绿映红"，寥寥数字，更写出了富有个性特色的美丽春景。

而更为寻常的布谷鸟的阵阵啼鸣，像是在催人不误农时，真不愧是"春的信使"。宋代蔡襄有诗云："布谷声中雨满犁，催耕不独野人知。荷锄莫道春耘早，正是披蓑化犊时。"陆游也有诗曰："时令过清明，朝朝布谷鸣。"布谷鸟学名叫杜鹃，广泛流传的"望帝春心托杜鹃"的故事，说的是古蜀国有个叫杜宇的人，做了皇帝后称为"望帝"，后来死去，化为杜鹃。郭沫若写过一篇《杜鹃》，说："杜鹃是不会营巢的，也不孵卵哺雏……它的习性专横而残忍。"我觉得"专横而残忍"有些过，小时候我常常看到布谷鸟被"柴喳喳"围而攻之，被喜鹊赶出巢穴。布谷虽然有不好的育雏习性，但它号称"森林卫士"，喜吃松毛虫，应该得到同情和赞许。

绿树成荫的花果山，因为有了鸟语而花香花艳，因为有了鸟语而云轻雾淡。在花果山上的鸟类家族中，许多鸟儿都是迁徙而来，然后又落居花果山的，如能歌善舞的百灵、歌鸲，温驯的白头鹎，可爱的红耳鹎。特别是白头鹎，我们小时候都叫它白头翁，它温柔、善良，可以说是鸟类的楷模。白头翁好双宿双栖，常被画家、诗人作为绘画、吟诗的对象，被借喻为夫妇和好，或象征为白头偕老。"山禽原不解春愁，谁道东风雪满头。迟日满栏花欲睡，双双细语未曾休。"就说的是白头翁。"叽——咕儿，叽——咕儿"，这就是白头翁的叫声了。

如果你有闲暇，在阳光明媚的春日里，约三五好友，穿行于花果山的绿树丛林中，那些体态优美、羽色艳丽、鸣声婉转的鸟无不伴随着你，特别是那种纯自然的鸟鸣，能荡涤你心灵的尘埃，洗净你思想的陈垢，唤醒你内心的纯真和明净。来吧，花果山的鸟鸣，也是我们心中原始的歌唱。

探梅贴

曾园，现在叫曾赵园。但我还是习惯叫它曾园。

我不是第一次来了，每次来都有不同的感想。曾经有一次，是参加常熟朋友的作品首发式，和李惊涛、张亦辉两位好友，在常熟作家王晓明、潘吉、皇甫卫明、葛丽萍等的陪同下玩了小半天。当时正是夏天，荷花正开，我们在湖边、曲桥等景点照了相，大家"呼呼啦啦"走过，嘻嘻哈哈的，没能好好感受江南私家园林的建筑趣味和细节之美。但荷花的娇艳和大家的快乐，还是深刻地留在记忆里。

这次来曾园，是在近午十一时。可能是冬日，又接近春节之故吧，园子里几无游客，我一个人漫步在园子里——那可真是漫步啊！那些建筑，那些廊榭，那些亭阁，各色小桥和看似不规则、实际很讲究的湖泊，那些拐拐角角里的花圃、苗木、碑刻、太湖石，我都有充足的时间和它们对视、交流了。有许多茶花还在开放，不少蜜蜂在花蕊里采蜜；还有蔷薇，居然也有待放的花骨朵儿，真是不依时节乱开花啊。而花开当时的，当然是蜡梅了。曾园的蜡梅不是一株两株，而是很多株，有的在曲廊侧，有的在假山边，有的在湖亭畔。花开得都很盛，满枝满树，花密香浓。在阳光下细看，蜡梅花的花蕊中真的现着隐约的蜡光。更为难得的是，蜡梅的树干，那弯曲的走势、高度和树冠的造型，居然和周围的主景十分协调，我怀疑这是园艺师的有意为之。

和蜡梅怒放形成对应的是红梅的不事张扬。

曾园里有许多株红梅树，树干不像蜡梅那么老虬奇拙，分布也更密集些，桥头、湖边、廊下、绿地上、苗圃里，都有。因时令还早，梅花还没有开放，只有个别得风得雨又朝阳的枝条上，鼓出了颗颗蕾芽，小的如粟米，大的如豆粒，有的花蕾已裂了一条缝，红花初现、着势待开的样子。我思忖着，看来要等些日才能开放了。古人称赏梅曰"探梅"。这个"探"字用得好，因为梅花的开，不是在固定的某日，就算同一棵树上，同一根枝条上，也是逐渐地开，只有探探才感觉有情有致。既然是"探梅"而来，不候我开放也只能顺其自然了，但还是心生遗憾。就在这时，我已步入一个小院，猛一抬头，被霞光晃了一下眼，呀，一树的红梅，正在怒放！

这种惊喜来得太快，情感上还没有准备好似的，心情过分地大好起来。

这株梅花算不上有多老，但树型高大，枝条伸出屋檐数米，一根根斜伸的枝条上，梅花错落有致地开放。我注目、观望，梅花或全开，或半开，花形都很美，香气也淡淡地来。为什么别处的梅都没有开，独独这一株怒放呢？可能和它独处一个院落有关吧，院深墙高，有两个门，南为正门，西为侧门，梅树生在主建筑的廊前，又靠近东墙，风进风出，阳光照射，所以它比别处的梅开得早。这真是个好地方，如果主人在室内读书，透过格子窗棂，看见伸下来的串串梅花，还有什么琐事可烦？为了保留这美好的时刻，我拿出手机，连拍了数张。

从小院出来，心里还都是梅花——好心情真是有延续性的。走到湖畔长廊尽头的茶社，要了一杯虞山绿茶，还拿了几本杂书，坐在廊下，翻闲书，饮香茶，任阳光照在我的身上。而湖的另一侧，那个小院里，梅花正开，馨香飘散，曾园的梅花，仿佛瞬间全开了一样，香气一直萦绕。曾朴当年写作《孽海花》，在这样的环境里，会不会被梅香所扰呢？且不去管他了。我现在就在曾家，喝着他家的茶，不再有别的心思了。

我在微信朋友圈发了探梅的照片，整个"九宫格"全是梅花——就仿佛好酒好茶要和好朋友分享一样，我要和朋友们分享早开的梅花。果然，不消数分钟，就有上百人点赞了。我觉得不过瘾，又分别跟家人和公司微信群里的同事分享了"九宫格"里没有的数十张梅花图。

从曾园出来，在附近一家小馆子里用餐，要了一碗米饭、一碟水芹炒香干、一碟青菜炒香菇、一大段清蒸咸鱼、一瓶黄酒。包括黄酒在内，一共才三十六块钱，真心不贵。我觉得这都是沾了梅花的光，便把酒菜也拍了照片，发到公司的微信群里去了。马上就有同事说："陈老师的一天：游山玩水，赏梅赏景，品茶小读，享清淡营养美味，美美地生活……我们的一天呢？"另一个同事跟道："嫉妒！"哈哈，隔着手机，我都能感受到他们和我一样的快乐！

去平谷看桃花

四月刚到，我心里便如这春天一般，萌动起来——这都是因为去年的桃花饼。桃花饼，顾名思义，就是用桃花做馅的一种饼。我在常熟吃过桂花饼，在昆明吃过玫瑰花饼，在连云港吃过鲜花饼（据说也是玫瑰花的馅），却没有吃过桃花饼。去年春天，桃花盛开过后，编辑部的同事们说起已经结束的平谷的桃花节，说到桃花节上的桃花饼，说桃花饼如何如何好吃，我的馋瘾被勾起，便想尝一尝。怎奈桃花节已过，桃花饼也不是随时都有（感觉过了花期的桃花饼就不新鲜了），我便说了大话，说明年一定要吃一次新鲜出炉的桃花饼。这话说过了一年，心里也惦念了一年，可见人的欲望有多强大了。如果能欣赏到灿如烟霞的桃花，再吃到美味桃花饼，那真是一举两得的美事！

四月五日这天是清明节，转两次公交车，直奔平谷而去。

公交车出城之后，感觉不对，郊外的田野上，并没有绿意，树也光秃秃的，隔着窗玻璃看到的疑似桃树的枝头，虽有春的讯息，却一点动静也没有。怎么回事？通过微信，问家住平谷的同事小曹。曹姑娘告诉我，桃花要到四月中旬才开。我这才猛然想起，北京的气温，比南方要冷一些。我们那里的桃花，清明一到就开了，到锦屏山南的桃花洞看桃花，成为清明踏青的重要活动之一。而且，无论是桃花洞的桃花，还是目前公园或绿化带里的桃花，都属于观赏类桃花，和平谷大片栽植的作为果品的桃花根本就是两回事。桃花是看不成了，心里不免有些失落，怪自己计划不周。好在曹姑娘又发来了微信消息，她建议我去看平谷的大溶洞，还告诉我乘车的路线和注意事项，特意关照我不用租洞口的军大衣，溶洞里并不冷。亿万年前形成的溶洞，我只在电视里看过，其芳容我还没有机会亲眼看见。好吧，看不成桃花，看看大溶洞，也算失之东隅，收之桑榆。

通往大溶洞的是一辆小型公交车，出平谷城区不久，便弯弯曲曲地行驶在林子里。林子居然就是桃林！那真是一片连着一片，不知道尽头在哪里的桃林啊！除了穿插于林间的窄窄的柏油路，还有临近村庄的竹片栅栏（可能用于挡隔牲畜吧），没有多余的杂树或杂物。我想象着，要是桃花开了，那真的就是花海了。爱花的人都知道，看桃花，一定要看密植成林的桃花，那大片大片一望无际的灿烂，才叫云蒸霞蔚，才是桃花之美！《诗经》有句"桃之夭夭，灼灼其华"，应该就是这个意思吧？

桃是有品种的。我对于园艺、果木都是外行，只知道桃花有单瓣和复瓣两大类，桃有黄桃、春桃、水蜜桃、美人桃等，花果山上有冬桃，据说夏秋开花结果，十一月经霜后食用才甜蜜可口，我没有见过，也没有吃过，听说而已。有一种桃叫碧桃，属于稀见品种，其花叫千叶桃花。宋代才子秦少游有词云："碧桃天上栽和露，不是凡花数。乱山深处水萦回，借问一枝如玉为谁开？"宋代诗人情种多，秦少游为谁感叹不得而知。有一年去高邮寻访汪曾祺的足迹，到文游台去瞻仰秦大才子，还和朋友们背诵了这首词，探讨了碧桃是否就是蟠桃的问题，碧桃可是桃中极品啊！

平谷的桃子我倒是吃过。每年的夏天，桃子便是时鲜水果之一，北京的大小超市里都有，有的专门标有"平谷"的字样。在6号线草房地铁口附近，也会有临时的摊贩叫卖平谷的大桃子，我都会买来尝鲜。曹姑娘也会带些到办公室，大家分而食之。

　　如今我就穿行于平谷的桃林中，虽然没见到心仪已久的桃花，但看到如此壮观的桃林，想象那一树连一树、一枝连一枝、一花连一花的红，想象那些参观的人的脸映成了"桃花脸"，也算不虚此行了。在路边，在桃林中，偶尔会出现一块空地，空地上有简易的棚子，棚子下有铁皮柜或水泥台，棚子上方有"欢迎来平谷看桃花"等字样——这里应该是桃花节期间的观景点和游客集聚地了。要是开花时节再来，红霞照眼，人流如织，在花海里寻找、品尝桃花饼，再有美酒一壶，就算"为君沉醉"一回又何妨？

　　有了桃林的穿行之乐，仿佛看过了桃花一样，早先的郁闷烟消云散，心情大好。至于前方的大溶洞，能给我带来什么样的印象和感受，已经不重要了。

后　记

　　夜色已经很深，室外疑有雨声，抬头一看，果然，窗玻璃上有雨花喷溅。我突然心安了，觉得在下雨天，迟睡是正常的事，可以把这篇后记敷衍完成。只是这雨不是时候，清明刚过，各种花儿都开放了，昨天我在小区里看到一树的梨花，真是好看啊！还有桃花涧的桃花，正想约朋友去看呢，这一夜风雨，不知还能保留几朵。但春雨总是如油的贵，能适时地来临，也是赶着正好的春光啊！

　　书中篇章分为两卷，卷上为"推窗，对影邀月"，所收诸篇，涉及和我相关的两个社区。需要说明的是，这些拙文在一家晚报连载时，被要求署了不同的笔名，五花八门，有草乙、大富、小言、夏禾、吴苇、晓岩、惊涛、文宝、江北、明高等，在此不一一指出。这些文章，在一些相关的企业网站上会时有刊出，怕引起误会，特此说明。另外，这些文章收进本书时，原有的标题都做了更改，内文也进行了修订，有的改动还较大。卷下单纯多了，不存在署名问题，文章横跨的年代也较久，最早的《满目河山空念远》大约写于二十年前。

今天下午四点和朋友在咖啡馆喝茶、谈诗。说到生活的诸多艰辛，说到年岁渐长，人事纷繁，便唏嘘感叹；再说到有书为伴，有好友聚谈，遂又心满意足互道珍重。诗、小说与散文以及我们常谈的日常琐屑，都是我们要天天面对的，宛如我现在在灯下轻轻敲打着键盘，楼下妻儿早已经入睡，听窗外雨声淅沥，任时光从指间流走，有什么不可以面对呢？老实说，正是下午聚谈时的感触，才促使我把这篇后记做完。

2018年4月7日深夜于花果山下